El misterio
de la isla de Tökland

 cuatro**vientos**

El misterio de la isla de Tökland

JOAN MANUEL GISBERT

Ilustraciones ANTONIO LENGUAS

 **Planeta**lector

Consulta el
MATERIAL DIDÁCTICO
de esta edición en
www.planetalector.com

Editado por Editorial Planeta, S. A.

© Joan Manuel Gisbert
© Espasa Libros, S. L., sociedad unipersonal
© de las características de esta edición, Editorial Planeta, S. A.
Avda. Diagonal, 662-664, 08034 Barcelona

Ilustraciones de interior: Antonio Lenguas
Ilustración de cubierta: Riki Blanco

Séptima edición. Primera en esta colección: mayo 2010
ISBN: 978-84-08-09080-9
Fotocomposición: Zero preimpresión, S. L.
Depósito legal: M. 9.330-2010
Impreso por Brosmac
Impreso en España – Printed in Spain

FICHA BIBLIOGRÁFICA

GISBERT, Joan Manuel
El misterio de la isla de Tökland, Joan Manuel Gisbert ;
ilustraciones de Antonio Lenguas – 1ª ed. en esta colección –
Barcelona: Planetalector, 2010
Encuadernación: rústica ; 360 págs. ; 13 × 19,5 cm –
(Cuatrovientos. A partir de 12 años)
ISBN: 978-84-08-09080-9
087.5: Literatura infantil y juvenil
821.134.2-3: Literatura española
Tratamiento: misterio. Tema: policías y detectives

PRIMERA PARTE

UN DESAFÍO QUE DA
LA VUELTA AL MUNDO

Como un géiser que emergiese súbitamente de las aguas del océano, aquella singular noticia destacó desde el primer instante. Saltando por encima de las restantes informaciones que se difundieron aquel día, fue transmitida a los cinco continentes por las agencias internacionales de prensa. Su texto decía así:

Londres, 6. La dirección de la BBC ha hecho público el siguiente mensaje:

El mayor enigma de todos los tiempos espera revelar su secreto.

Las ansias de nuevas emociones de todos los aventureros, exploradores y descifradores de enigmas que sin duda existen todavía en nuestra época, van a ver-

se colmadas próximamente por un objetivo digno de los más audaces de entre ellos.

La Compañía Arrendataria de la Superficie y Subsuelo de la Isla de Tökland convoca a través de este comunicado un concurso internacional para seleccionar a los candidatos dispuestos a enfrentarse al más fabuloso enigma múltiple de todos los tiempos.

El concursante que sea capaz de superar todas las dificultades que encierra este certamen recibirá como recompensa a su prodigiosa hazaña cinco millones de dólares en el mismo momento de su triunfo.

Todas aquellas personas interesadas en participar en la prueba deben dirigirse telegráficamente o por fax, y con la mayor urgencia, a nuestras oficinas provisionales de Dondrapur (océano Índico).

A pesar de su brevedad, aquel raro mensaje planteaba un reto apasionante, tanto por la descomunal suma ofrecida como por las insólitas dificultades que se insinuaban.

En seguida, a pesar del halo quimérico que rodeaba todo el asunto y de las lógicas sospechas de impostura que podía despertar, las oficinas de la Compañía en Dondrapur recibieron cientos de telegramas y faxes de otros tantos interesados de todas partes del mundo que declaraban estar dispuestos a lo que fuese con tal de poder optar al principesco premio.

Mientras tanto, durante los días siguientes, todos los medios de comunicación que habían difundido la convocatoria siguieron ocupándose del tema y aclararon algunas circunstancias que contribuyeron a dar verosimilitud al espectacular desafío.

Así pudo llegar a conocimiento general que la llamada isla de Tökland existía realmente, y también la Compañía Arrendataria, autora del mensaje difundido por la BBC.

LOS EXTRAÑOS COLONOS
DE TÖKLAND

A decir verdad, apenas podía llamarse isla a
Tökland. Se trataba de un islote sombrío situado
en la periferia del desparramado archipiélago
de Dondrapur, en el Índico, al sur de Ceilán. Ese
casi desconocido conjunto de islas forma el Estado independiente de Dondrapur, cuya capital,
llamada también Dondrapur, está situada en el
centro geométrico del archipiélago, en la isla de
Dondrapur, naturalmente.

Tökland era un lugar rocoso y yermo, sin
apenas vegetación ni fauna. Difícilmente podía
ser localizado en los atlas geográficos. Aparte
de la certeza de su insignificancia, nada más se
sabía de él. Por carecer de riquezas naturales,
valor estratégico o atractivos turísticos, y por

ser inhóspito y agreste, nunca había sido habitado.

Formaba parte del territorio de Dondrapur. Nunca se había dado el caso de que otras potencias pretendieran anexionarse el islote.

Tökland era, pues, poca cosa más que un simple accidente geológico en medio del océano, apartado de las rutas marítimas y olvidado de todos. Pero un buen día, unos dos años antes del lanzamiento del desafío que conocemos, se constituyó en Dondrapur una extravagante sociedad que, en un principio, adoptó el nombre de Club de los Amigos de Tökland y entró en negociaciones con el gobierno del archipiélago interesándose por alquilar la abrupta isla.

El Club presentó un descabellado proyecto en el que aseguraba que si el gobierno accedía a arrendar Tökland por un plazo de diez años, se crearía una compañía que convertiría el islote en un centro de atracción turística internacional. Durante el período del alquiler, la Compañía tendría reservada en exclusiva la explotación de

la isla, después de haber realizado ciertas obras de importancia para su espectacular resurgimiento. Transcurridos los diez años, el islote y todas las instalaciones que en él se hubiesen ubicado quedarían de nuevo bajo la exclusiva soberanía de Dondrapur, perdiendo la Compañía todo derecho ulterior sobre Tökland.

A pesar de su convencimiento sobre el escaso valor del peñón, el gobierno de Dondrapur quiso asegurarse de que ninguna riqueza se ocultaba allí. Por espacio de dos meses se practicaron toda clase de excavaciones y reconocimientos. Aunque remota, existía la sospecha de que la Compañía, camuflándose bajo disparatados planes turísticos, pretendiese saquear secretamente algún yacimiento que hubiese permanecido ignorado hasta entonces.

Las investigaciones dieron al traste con las hipótesis maliciosas y confirmaron que nada valioso podía extraerse de Tökland. Su única riqueza era la piedra que la formaba; su único atractivo, la lúgubre silueta de sus acantilados.

Tenía tan sólo la particularidad de que su subsuelo estaba horadado por una extensa red de grutas y pasadizos que se ramificaban interminablemente. A pesar del origen natural de ese sistema de catacumbas, no había en ellas nada de valor. No albergaban pinturas rupestres, vetas minerales, restos arqueológicos ni características científicas notables. Incluso su posible interés como curiosidad turística era ínfimo. Razonablemente no podía pensarse en que nadie se tomase la molestia de navegar hasta Tökland para visitar aquellas oscuras galerías en las que sólo palpitaban los murciélagos.

A pesar de todas esas evidencias, algunos ministros de Dondrapur se mostraron escandalizados ante la propuesta de alquilar un fragmento del territorio del Estado. Lo consideraban como un ultraje a la dignidad nacional, ¡como un vergonzoso primer paso que podía conducir a la desmembración de la patria...! Pero muy pronto, un argumento contundente vino a acallar esos escrúpulos. El Club ofrecía como pago del alquiler una suma sustanciosa para las modestas arcas del Estado de Dondrapur. Por otra parte, pasados los diez años todo volvería a la normalidad y las obras o mejoras que se hubiesen practicado en el islote pasarían a manos de la nación.

Aunque, en realidad, en esto último no creía nadie. Estaban convencidos de que fuera cual fuere el plan de los extranjeros del Club, sería un completo fracaso. Pensaban que mucho antes de consumirse el tiempo del contrato aquella gente abandonaría su empresa, hostigada por el clima implacable de la zona, y el islote quedaría tan solitario como siempre había estado. Por ello, cuando el gobierno acabó aceptando la propuesta del Club, impuso como condición que el pago íntegro del arrendamiento se hiciese por adelantado.

Tökland seguiría bajo la plena soberanía de Dondrapur, pero, en el pacto que se firmó, se adjudicaba a la Compañía casi toda la autoridad sobre el islote durante los diez años, previéndose solamente la intervención de la justicia nacional en casos de graves desórdenes, infracciones contra el derecho internacional, epidemias o cualquier otra situación de emergencia. Sin embargo, en prevención de cualquier treta que la Compañía pudiese haber tramado, el gobierno impuso la presencia de un observador permanente sin mando alguno, salvo en los casos de emergencia antes citados, en cuyo caso Tökland quedaría bajo su autoridad hasta que llegasen los refuerzos necesarios.

El observador permanente, un militar de la reserva, recibió instrucciones de no interferir en los trabajos que la Compañía llevase a cabo, limitando su función a una vigilancia discreta sobre los materiales que se desembarcasen en el islote y a una persistente atención que hiciera imposible cualquier actividad sospechosa. Como contrapartida, la Compañía rogó al gobierno que los informes que remitiese el observador permanente tuvieran carácter confidencial, y ello no por otra razón, dijeron, que la de preservar el secreto de las importantes innovaciones en materia turística y recreativa que pensaban implantar.

El precio del alquiler permaneció también en secreto, pero, según todos los indicios, fue bastante elevado. Por esta razón, la Compañía consiguió que, además del usufructo del islote, se le concedieran una especie de «aguas jurisdiccionales» con los mismos derechos que tenía sobre Tökland. Por tanto, en el contrato se incluyó como zona alquilada un cinturón marítimo de diez millas de longitud radial alrededor de la isla. Por tratarse de unas aguas sin apenas interés pesquero y carentes de riquezas submarinas, el gobierno no puso obstáculo alguno.

Y así, de este modo, quedó definitivamente constituida la Compañía Arrendataria de la Superficie y Subsuelo de la Isla de Tökland. Por primera vez en toda su historia conocida, aquel sombrío enclave oceánico iba a ser colonizado. Su agreste superficie albergaría presencias humanas que, aparentemente, llegarían para redimirla del olvido en que había estado sumida durante siglos.

Durante los meses posteriores a la firma del contrato entre Dondrapur y la Compañía, el asunto Tökland fue quedando paulatinamente olvidado. El gobierno emitía de vez en cuando lacónicos comunicados, que por la fuerza de la costumbre acabaron por pasar inadvertidos, en los que se daba cuenta de que la Compañía, integrada por unas veinte personas bajo la dirección de un tal Mr. Kazatzkian, estaba llevando a cabo trabajos en Tökland sin vulnerar las condiciones estipuladas.

Semanalmente, una lancha gubernamental recogía de las propias manos del observador permanente breves y tranquilizadores informes por los que se sabía que nada sospechoso estaba haciéndose en el islote. El observador disponía, además, de un potente equipo de radio que le permitiría ponerse al habla rápidamente con el ministro del Interior en cualquier situación de emergencia. Pero este sistema ni siquiera llegó a ser utilizado durante el período que precedió al lanzamiento internacional del desafío. Según todas las apariencias, las actividades que se desarrollaban en Tökland eran inofensivas por completo. El hecho de que probablemente estuviesen condenadas al fracaso preocupaba muy poco al consejo de ministros, que ya se había embolsado el sustancioso e inesperado alquiler.

Y así, secreta y plácidamente, transcurrieron cerca de dos años, hasta que la noticia del concurso concentró súbitamente sobre Tökland todos los ojos del mundo.

LOS PRIMEROS AVENTUREROS SE ENFRENTAN AL ENIGMA DE MR. KAZATZKIAN

Después de haber establecido los contactos telegráficos previos, una ardorosa oleada de candidatos asaltó materialmente las oficinas de inscripción de la Compañía en Dondrapur. Estaba formada por personas de muy diversas nacionalidades y constituía una variadísima galería de tipos humanos que abarcaba desde los más sórdidos subsuelos del hampa hasta las más acrisoladas cunas de la aristocracia europea, pasando por desertores de la Legión, astrólogos, detectives, adivinos, egiptólogos, mentalistas, cazadores de dotes, videntes, catedráticos jubilados sedientos de aventura, escritores sensacionalistas en busca de tema, maestros del crucigrama, agentes secretos expertos en claves y códigos, exploradores de las selvas amazónicas y aventureros de todo pelaje.

Entre este aluvión de primeros candidatos hubo algunos, muy pocos, que consiguieron ser admitidos en el concurso y llegaron a pisar Tökland (hay que añadir que ninguno de ellos estuvo más de veinticuatro horas en la isla ni fue capaz de salir victorioso del intento). Fracasados en su empeño, pudieron compensar en cierto modo los gastos realizados y el tiempo perdido vendiendo artículos o concediendo entrevistas retribuidas en las que relataban sus peripecias en el desolado islote. De entre las muchas versiones que así se dieron a conocer, hemos elegido un reportaje de Nathaniel Maris, periodista especializado en temas relacionados con lo imaginario y lo fantástico, que fue publicado en la revista *Imagination*, número 116, páginas 31-76, por ser el que mejor puede contribuir a la construcción de esta historia. He aquí su reproducción íntegra:

Mientras viajaba hacia Dondrapur en uno de los muchos vuelos especiales que por aquellas fechas se organizaron, me sentía dominado por el presentimiento de que el tan cacareado enigma de Tökland acabaría por resultar una monumental superchería. Sin embargo, y aunque parezca contradictorio, tenía a flor de piel esa peculiar tensión que se experimenta antes de los grandes acontecimientos. Mientras nos acercábamos al pequeño país, trataba de poner orden y concierto en mis ideas.

Aquel extraño asunto más parecía el punto de partida de una narración de Julio Verne o Herbert George Wells que una convocatoria real y verosímil. Las piezas no encajaban, rechinaban de forma muy sospechosa. Para tratarse de una empresa turística deseosa de conseguir resonancia y publicidad, la cosa parecía demasiado insólita y nebulosa, sus planteamientos iban mucho más allá que los de la simple agresividad comercial, por exagerada que sea a veces. Por otra parte, si la Compañía llevaba a cabo alguna actividad secreta bajo la tapadera de las presuntas innovaciones turísticas, lo último que hubiese hecho sería atraer a tantos forasteros dispuestos a husmearlo todo. A no ser, claro, que pensasen utilizarnos como coartada. Pero era muy poco probable: les bastaba con engañar o sobornar al observador permanente.

En aquel momento, los altavoces del reactor anunciaron nuestro inminente aterrizaje en Dondrapur.

Por descontado, había decidido presentarme al concurso, no con la esperanza de ganar un fabuloso premio en el que no creía en absoluto, sino para indagar sobre el terreno si en todo aquel asunto había algún elemento verdaderamente prodigioso o fantástico que pudiese interesar a los lectores de *Imagination*. También estaba dispuesto a convertirme, si la ocasión se presentaba, en una especie de improvisado de-

tective al acecho de las posibles patrañas de Mr. Kazatzkian y su gente.

Tan pronto como mis zapatos dejaron sus huellas en el polvoriento aeropuerto, me dirigí, a bordo de un taxi de apariencia clandestina, hacia las oficinas de la Compañía. Cuando el chófer supo cuál era mi destino, se dibujó en sus labios una mueca burlona y escéptica, pero nada dijo. Al poco rato nos detuvimos cerca de una construcción de una sola planta, de la que emergía una larguísima y tumultuosa cola. Se veía bien a las claras que allí estaba la oficina de admisión.

Cuando ya me había resignado a soportar una prolongada espera y me disponía a entablar conversación con algunos de los que allí aguardaban, dos curiosos individuos salieron de los locales de la Compañía. Por su aspecto lúgubre, parecían escapados de una película de terror de los años cincuenta. En seguida advertí que estaban distribuyendo unas hojas de papel amarillento entre los que formaban la gran cola.

Cuando al fin llegaron junto a mí, me hicieron entrega de un pliego de hojas en cuya portada figuraba la inscripción SOLICITUD DE ADMISIÓN AL CONCURSO y en el interior, en varios idiomas podía leerse:

«La Compañía agradece la acogida dispensada a su llamamiento y el interés demostrado por los candidatos que han acudido a Dondrapur. Sin embargo, la masiva afluencia de aspirantes nos obliga a establecer unas pruebas de selección con el fin de elegir a los concursantes más idóneos para enfrentarse al sobrehumano enigma múltiple que aguarda en la isla de Tökland. Queremos evitar riesgos a los aspirantes que no reúnan las condiciones necesarias y ahorrar incomodidades y prolongadísimas esperas a los que sean considerados aptos para el intento».

Al saber aquello pensé que las posibilidades de que mi reportaje llegara a existir se estaban esfumando ante los filtros con que la Compañía se enmascaraba. Si no lograba ser admitido, poca cosa iba a poder contar. Me propuse evitar por todos los medios que Kazatzkian me diese con la puerta en las narices, y seguí leyendo.

«Si **todavía** desea usted participar en nuestro concurso-desafío, si se considera con el suficiente valor para ello, utilice las hojas en blanco que se acompañan para anotar todos sus datos personales y, especialmente, exponer aquellas experiencias y circunstancias de su vida que, en su opinión, le acreditan como persona preparada para hacer frente a complejos enigmas no exentos de peligro.

»La recogida de historias personales se efectuará en este mismo lugar, a las cuatro en punto de la tarde.

Compañía Arrendataria de la Superficie
y Subsuelo de la Isla de Tökland»

En la cola se había producido una gran desbandada. Todos corrían empuñando las hojas. Me alejé de allí en busca de algún lugar tranquilo donde redactar mis «memorias». Una vez instalado en un rincón discreto del primer bar que no encontré totalmente abarrotado, me entregué de lleno a la tarea de maquillar los episodios de mi vida. Sí, exageré mis méritos y experiencias, añadiendo hechos fabulosos y puras invenciones, presentándome como un sagaz descifrador de enigmas. No quería ser eliminado, no quería dar pie a que la Compañía pensase que en mi pasado no había suficientes pruebas de valor y astucia. Además, tenía la certeza de que los demás aspirantes estaban haciendo lo mismo, por lo que no era cosa de quedar rezagado. Algunos de ellos ocupaban otras mesas en aquel destartalado local, y en sus rostros,

mientras anotaban las peripecias de su vida, podía verse más la llama de la fruición novelesca que
la expresión que acompaña un recuento veraz.

Dudé en el momento de decidir si era conveniente ocultar mi profesión de periodista. Aparentemente, la Compañía buscaba publicidad,
pero en la práctica se rodeaba de un halo de misterio y lo único que parecía importarle era seleccionar concursantes a su gusto, manteniendo en
total secreto las características de los prometidos
enigmas.

Ningún miembro de la Compañía concedía
entrevistas. Los periodistas y fotógrafos eran
alejados sistemáticamente. Al parecer, Mr. Kazatzkian había dicho que hasta que el concurso
tuviese un ganador no tenía nada que decir ni
comentar. Sin embargo, esconder por completo mi identidad podía ser, de todas mis mentiras, la más detectable. Era muy probable que la
Compañía, antes de admitir a los candidatos,
quisiese verificar su nombre y profesión para
evitar la entrada de impostores.

Al fin decidí presentarme con mis verdaderas señas y sin ocultar mi actividad. Sin embargo, por si acaso, declaré que mi deseo de participar en el concurso no guardaba relación alguna con mis trabajos periodísticos y sí con mi condición de «aventurero internacional» (¡espero que los cielos hayan perdonado semejante exageración!).

Cuando volví a las oficinas ya no había la larga cola, pero un incesante entrar y salir de forasteros indicaba que la recepción de solicitudes había comenzado. En el vestíbulo no había apenas mobiliario. Todo allí tenía un aspecto improvisado y provisional. En el centro, un gran cajón provisto de una ranura ostentaba en su parte superior un cartel:

BUZÓN DE SOLICITUDES
Deposite aquí su ejemplar.
Antes de tres horas se darán
a conocer los nombres de los admitidos
a las pruebas de selección

Estaba tan repleto que a duras penas pude introducir mi escrito. Creo que, de haber estado a solas, hubiese cedido a la tentación de echar una ojeada a alguna de las solicitudes de mis contrincantes. Debía de haber en ellas una cantidad tal de mentiras fabulosas, que su sola lectura me habría compensado de las molestias del viaje. Pero continuamente entraban nuevos aspirantes con sus hojas en ristre, dispuestos a hacerlas pasar por la ranura del buzón. Además, tenía la impresión de que los tipos de la Compañía, sin dejarse ver, estaban observándolo todo. Lo mejor que podía hacer para no llamar la atención era salir a la calle.

Fuera pululaban cientos de personas que, como yo, esperaban el resultado de la primera criba.

Antes de pasadas las tres horas, los dos hombres de aspecto maligno reaparecieron. Uno de ellos llevaba un pequeño papel en la mano.

«Pocos nombres caben ahí —pensé—. Me temo que muchos de los que aquí estamos nos

quedaremos con las ganas de vérnoslas con el amenazador enigma de Tökland. Tal vez todo es un truco y sólo admiten falsos candidatos que, en realidad, son agentes de la Compañía camuflados como aspirantes. Pero, si así fuese, ¿para qué tanto alboroto? ¿Cuál sería la finalidad de esta mascarada?»

El individuo que sostenía el papel había hecho un vago ademán indicando que nos acercáramos. Sin esperar siquiera a que el nutrido corro se hubiese formado totalmente a su alrededor, empezó a leer con voz quebradiza y distante, como si estuviese recitando una sentencia a un grupo de sordomudos con los ojos vendados.

—En esta decimotercera tanda de solicitudes han sido admitidos provisionalmente —al pronunciar esta última palabra levantó la vista del papel y nos miró con ojos extraviados y febriles— las siguientes personas...

Mientras iba leyendo con voz cada vez más débil los nombres de la exigua lista, un cierto nerviosismo que nunca había experimentado hasta entonces empezó a infiltrarse en mi ánimo.

«Esta situación es pueril y grotesca —me dije, sin dejar de escuchar al demacrado individuo—, pero si mi olfato profesional no me engaña, y no acostumbra a hacerlo, creo que detrás de esta pantomima hay algo importante en juego. Lo intuyo sin saber de qué puede tratarse, no tengo ni la menor hipótesis, pero aquí hay gato encerrado y habrá que ponerle el cascabel antes de que la cosa pase a mayores. Tengo que encontrar la manera de hacerlo.»

La breve lectura de nombres había concluido sin que el mío fuese pronunciado por el extraño funcionario. El otro sujeto, igualmente misterioso, añadió con voz malévola:

—Los nombrados pasarán al interior. Las pruebas de selección comenzarán inmediatamente. —Lo dijo de tal modo que la momentánea alegría de los designados se congeló en sus rostros como si fuesen a formar un desdichado pelotón al que aguardaban terribles experiencias—. Los demás deben agradecer que se les libre de peligros que seguramente no podrían superar. Es inútil que intenten presentarse de nuevo: sus solicitudes serán rechazadas sistemáticamente. Muchas gracias a todos por su colaboración.

Cuando estaba discurriendo a toda máquina cómo ingeniármelas para atravesar el muro impenetrable que se alzaba ante mí, el hombre de la lista, antes de regresar a la desnuda oficina y con la mirada perdida en lejanos horizontes, añadió:

—El aspirante señor Nathaniel Maris se sumará al grupo de los provisionalmente aceptados. ¿Quién es? —Sus ojos vidriosos parecían buscarme a muchos kilómetros de distancia.

Me acerqué a él sin pronunciar palabra. No hizo falta.

—Vamos —dijo dando media vuelta como un autómata.

Sin rechistar le seguí, mientras los cientos de rechazados iniciaban murmullos de protesta a mis espaldas. Estaba dispuesto a aprovechar aquella rendija que parecía abrírseme. En aquel instante, creo que llegué a considerarme afortunado, aunque no sabía cómo interpretar aquella tardía admisión.

Una vez en el desangelado vestíbulo, hicieron pasar a los otros seleccionados detrás de una enorme y gruesa cortina de color púrpura que pendía al fondo. Cuando me disponía a imitarles, el sujeto de la mirada distante me detuvo con un ademán seco.

—Aguarde aquí —dijo, antes de desaparecer con los demás tras la cortina.

«¡Atiza! —pensé—. ¿Qué significa esto? ¿Estoy o no estoy admitido? ¿Me han llamado como suplente, por si alguno falla? ¿Soy un aspirante de segunda clase?»

Estuve esperando varios minutos. Aquel rato se me estaba haciendo eterno. En el local había poco que ver. El cajón que era utilizado como buzón de solicitudes estaba apartado en un rincón. En su lugar, apoyado en una silla desvencijada, un cartelón visible desde el exterior anunciaba:

CERRADO
Próximo reparto de solicitudes,
mañana a las 10

En aquel momento, algo semejante a un grito de dolor pudo oírse nítidamente. Procedía del lugar oculto por la cortina. Escuché con la mayor atención, tratando incluso de contener el aliento, como es de rigor en estos casos, pero nada más pude oír. Sin embargo, al poco rato, llegó hasta mí un enfurecido clamor. Alguien estaba pronunciando frases airadas. Sí, no cabía duda, ahora intervenían varias voces que empleaban idiomas diversos, se estaba produciendo una violentísima discusión. Aunque apenas podía entender lo que se decía, pesqué al vuelo algunas frases sueltas como: «¡Locos, maldita sea la hora en que...!», «¡Ustedes no saben quién soy yo!», «¡Esto es monstruoso!», «¿Qué condenada clase de gente son ustedes?», «¡¡¡Quiero marcharme de aquí!!!».

Aunque no podía asegurarlo, sospeché que quienes aullaban de aquel modo eran los concursantes. Las respuestas de los dos agentes de la Compañía, si es que se producían, no resultaban audibles desde mi posición.

«¿Qué clase de pruebas son estas que hacen que los que atraviesan la cortina griten de dolor y reaccionen de forma tan enloquecida?», me dije tratando de conservar la poca calma que me quedaba.

Reconozco que la idea de alejarme sigilosamente y abandonarlo todo no me era ajena en aquellos momentos. Pero también el impulso de intervenir en la grave situación estaba en mi ánimo. No hice ninguna de las dos cosas. Sabía que la posibilidad de consumar mi admisión provisional seguía en el aire, y podía estropearlo todo con un gesto intempestivo o con una precipitada deserción. Además, aunque yo no sabía cómo interpretar el hecho, lo cierto era que en el interior reinaba de nuevo el silencio. Y, aunque parezca estúpido, aquello me tranquilizó.

Sin darme tiempo a tomar partido por alguna de las alternativas que se me presentaban, el hombre de la lista reapareció, sólo que ahora llevaba en la mano unos papeles más grandes.

Lo miré de soslayo, disimuladamente, y no supe hallar en él muestra alguna de acaloramiento o excitación. Como un verdugo endurecido por su oficio, parecía ajeno a los estrepitosos incidentes que se habían producido, cualesquiera que fuesen.

A pesar de todo, no pude evitar preguntarle, adoptando un fingido aire de simple curiosidad:

—¿Qué ha ocurrido ahí adentro? Me ha parecido oír...

—¿Tiene... miedo? —me cortó como si no hubiese oído mis palabras, mirándome fijamente con su semblante del otro mundo.

—¡No, por supuesto! Ya sé que para participar en el concurso hay que estar dispuesto a todo.

Traté de resultar convincente, porque sospechaba que si aquel individuo adivinaba mis escrúpulos iba a descalificarme automáticamente. Por el momento, no estaba dispuesto a darme por vencido sin averiguar algo más. Ahora que lo tenía tan cerca (o eso pensaba yo), no era cosa de echarse atrás sólo por unos cuantos gritos. El sujeto no respondió, pero supuse que había quedado satisfecho con mi actitud. Ahora parecía pensar en otra cosa, como si me hubiese olvidado por completo.

Atisbando con el rabillo del ojo, pude ver que lo que llevaba en las manos era mi solicitud. Alguien había escrito anotaciones al margen en tinta roja y algunas de mis frases estaban subrayadas con trazos gruesos.

El hombre del rostro remoto colocó el cartel de CERRADO, con su nota, en el exterior, y barró el acceso a la calle bajando una pesada puerta metálica. Después, desde dentro, la afianzó con un potente candado.

«¡Vaya! —pensé sin querer darle importancia, como bromeando conmigo mismo—. Me ha cortado la retirada.»

Mientras, con el mayor disimulo posible, me esforzaba por escuchar nuevos gritos y alaridos procedentes del interior. El más completo silencio fue lo único que captaron mis oídos. Y en esa ocasión, en lugar de tranquilizarme, el silencio me pareció un siniestro augurio.

«Te has metido en la boca del lobo, chico —me dije para estimularme—. Pero bueno, todo sea por el mayor éxito del reportaje. Al fin y al cabo, la Compañía no es omnipotente, existen unas autoridades, hay leyes...»

A decir verdad, aquellas autoridades estaban muy lejos en aquellos momentos. Por lo visto, gracias a su extraño contrato, la Compañía había obtenido patente de corso para hacer lo que le viniera en gana con los concursantes extranjeros. ¿Cuántas cosas horribles tendrían que ocurrir todavía para que se acabase con aquellos desmanes? ¿Hasta cuándo seguiría en la impunidad Mr. Kazatzkian?

Habría seguido acalorándome por mi cuenta, tal vez exagerando un poco, cuando advertí que el fatídico personaje había vuelto a acordarse de mí. Hojeaba mi solicitud y de vez en cuando me miraba fríamente, como a través de un invisible microscopio. Hice todo lo posible por mostrarme despreocupado y bien dispuesto, mientras esperaba que él tomase alguna iniciati-

va. La situación se me estaba haciendo insoportable por momentos.

Súbitamente, como disparando las palabras, dijo:

—Queda usted exento de las pruebas de selección.

«¡Diantre! —pensé para mis adentros—. Vaya forma elegante de decirme que me vaya al cuerno. ¿Y para esto tanta espera y tanto misterio?»

Pero el individuo continuó murmurando palabras que me hicieron salir de mi error.

—Por consiguiente, está usted admitido. Embarcará esta misma noche hacia Tökland —concluyó con fúnebre acento.

Temiendo que aquello fuese una estratagema o, tal vez, la primera de las pruebas de selección, respondí de forma fulminante fingiendo una ardiente y decidida voluntad de enfrentarme a lo que fuese.

—No, muchas gracias, no aceptaré privilegios de ninguna especie. Quiero superar las pruebas, sean las que sean, me siento con fuerzas sobradas para ello.

Al ver que no reaccionaba, me pareció conveniente añadir:

—Además, me servirán de entrenamiento. Así, cuando llegue a la isla estaré más en forma, ¡ja, ja, ja! —Después de soltar la carcajada me pareció que me había excedido, pero ya no tenía remedio.

El hombre de la Compañía instaló en su rostro una mueca que, por definirla de algún modo, se parecía a una sonrisa desdeñosa.

Cuando yo, en mi candor, pensaba haber superado brillantemente la primera prueba y me disponía a enfrentarme a la segunda, me entregó un pliego que hasta entonces había estado tapado por mi solicitud. Sus manos temblaban ligeramente.

—Lea con atención este documento. Si está de acuerdo, preséntese en el muelle Este-3 a las nueve en punto de la noche. —Hablaba de una forma tan sonámbula que su voz parecía salir de un lugar distante, como si otro hablara por él—. Ahora, sígame.

Sin darme opción a preguntar nada, se puso en movimiento. Cuando ya me veía atravesando la cortina de las incógnitas, se detuvo y abrió un armario que estaba a la derecha, antes de llegar al fondo. Sin mirarme, hizo un gesto indicándome que me metiese en el armario. Por unos momentos, olvidando mis hábitos pacifistas, lamenté no disponer de un revólver bien cargado. Intenté tranquilizarme con la idea de que el armario no era una peligrosa trampa sin fondo, sino la segunda de las pruebas.

Al llegar frente al mueble, comprobé que estaba totalmente vacío. No tenía tabla posterior. La pared quedaba al descubierto. En ella había una puerta que al estar el armario cerrado quedaba oculta.

—¡Adelante! —murmuró aquel individuo con su guturalidad de falso ventrílocuo.

A sabiendas de que la menor vacilación podía descalificarme, pero también preocupado por la suerte que iba a correr, me metí en el armario y abrí la puerta del muro.

Cuál no sería mi sorpresa cuando me encontré en plena calle. Aquello era una salida lateral camuflada por el interior. Inmediatamente la puerta se cerró a mis espaldas y, por el ruido que oía, supe que el individuo la estaba afianzando. Después sonó un golpe: había cerrado también el armario encubridor.

«Me parece que han querido divertirse a mi costa. Me han inquietado un rato y luego, heme aquí, de patitas en la calle.»

Entonces me acordé del documento. Lo había conservado en la mano izquierda desde que aquel sujeto me lo diera. Estaba toscamente impreso y en su primera hoja podía leerse:

CONTRATO DE EXPLORACIÓN

«Vaya, esto se pone de nuevo interesante. ¡Otro papelito de la Compañía!» Aproveché aquel momento de respiro para bromear, resultaba un alivio.

Resolví volver al cafetucho donde había estado antes. Empezaba a oscurecer y no podía seguir leyendo en medio de la calle. Ahora, el barrio estaba desierto. Sin darme cuenta de que yo podía ser la última esperanza para los concursantes que habían quedado encerrados, me alejé a toda prisa, impaciente por entregarme a la lectura del contrato o lo que fuese.

El establecimiento estaba casi vacío. Pude elegir un rincón apartado. Una vez instalado, encargué una bebida que no pensaba tomar. En seguida, pasé la primera hoja.

«Artículo 1.º El firmante, Sr. Nathaniel Maris, que será denominado de ahora en adelante el EXPLORADOR, declara aceptar por entero las condiciones del concurso internacional convocado por la Compañía Arrendataria de la Superficie y Subsuelo de la Isla de Tökland, en los términos que a continuación se detallan.

»Artículo 2.º El enigma múltiple de la isla de Tökland consiste en el más colosal y alucinante laberinto de todos los tiempos. Ha sido creado por la Compañía, bajo la dirección de su presidente Mr. Anastase Kazatzkian. A las dificultades de su trazado se une una infinidad de dilemas, trampas y enigmas que es preciso vencer para efectuar el recorrido. En su interior puede encontrarse tanto el pánico como el éxtasis. Para adentrarse en él es imprescindible un extraordinario valor personal, así como una imaginación muy desarrollada. El EXPLORADOR declara estar dispuesto a emprender la travesía del laberinto, libre, voluntariamente y en pleno uso de sus facultades mentales, poniendo todas sus energías físicas y psíquicas, sin reserva alguna, a contribución del éxito en su intento.

»Artículo 3.º Durante su estancia en el laberinto, el EXPLORADOR puede verse expuesto a riesgos y peligros y a situaciones límite de diversa índole. El EXPLORADOR declara expresamente conocer y aceptar esto, bajo su entera y exclusiva responsabilidad. Por lo tanto, ni el EXPLORADOR ni sus herederos o representantes legales podrán exigir responsabilidad alguna a la Compañía por cualquier accidente que pudiese sobrevenir durante el recorrido, ni siquiera en el caso de que dicho accidente tuviese un desenlace mortal.»

«¡Atiza! —exclamé en voz alta sin darme cuenta, atrayendo hacia mí algunas miradas—, un contrato como para poner los pelos de punta al más pintado.»

Seguí leyendo:

«Artículo 4.º Por otra parte, la Compañía garantiza que, dentro de lo previsible, no existe en el laberinto peligro alguno que no pueda ser vencido ni ninguna encrucijada inevitablemente fatal. Derrochando grandes dosis de valor e imaginación, puede ser atravesado. Sólo el miedo, la falta de agilidad mental o la pérdida del propio control lo hacen sumamente peligroso.»

«Siempre es un consuelo —me dije—. Por lo menos te dejan alguna esperanza.»

«Artículo 5.º El EXPLORADOR dispondrá de siete días como máximo, a contar desde el instante de su entrada en el laberinto, para efectuar el recorrido, vencer todas sus dificultades y encontrar la salida. Si, transcurrido dicho plazo, no lo ha conseguido, será desalojado del laberinto y expulsado de Tökland, se encuentre en el estado en que se encuentre. Del mismo modo, si antes de vencido el plazo el EXPLORADOR desea abandonar, será igualmente desalojado y expulsado, y no podrá realizar ningún otro intento bajo ningún concepto.

»Artículo 6.º Durante su permanencia en el laberinto, el EXPLORADOR recibirá los alimentos necesarios para resistir las pruebas a que se verá sometido. Los gastos de dicha manutención correrán a cargo de la Compañía.

»Artículo 7.º El EXPLORADOR penetrará en el laberinto totalmente solo. Los grupos o parejas no serán admitidos en ningún caso. No se producirá la entrada de un nuevo concursante mientras el anterior se encuentre dentro del laberinto.

»Artículo 8.º El EXPLORADOR llevará consigo el equipo e indumentaria que considere oportunos. Pero está expresamente prohibida la introducción de cámaras fotográficas o de vídeo, grabadoras de sonido y armas. Antes de iniciar el recorrido, los efectos personales del EXPLORADOR serán inspeccionados y se retirarán aquellos que sean incompatibles con el espíritu de la aventura propuesta.

»Artículo 9.º y último. Si el EXPLORADOR sale con vida del laberinto después de haberlo recorrido hasta dar con la salida, será proclamado vencedor del concurso internacional y se efectuará una inmediata transferencia a su favor por un importe de cinco millones de dólares.

»*Compañía Arrendataria de la Superficie*
y Subsuelo de la Isla de Tökland.

Leído y conforme,
El EXPLORADOR,
Nathaniel Maris.»

La lectura del extravagante y leonino contrato me dejó algo aturdido. Docenas de interrogantes se agolpaban en mi mente estorbándose entre sí.

«¿Quién es realmente Mr. Kazatzkian? ¿Por qué me han librado de las pruebas de admisión? ¿Es ello una estupenda ventaja, o un privilegio funesto? ¿Qué clase de laberinto habrán creado en la isla? ¿A qué obedece que ofrezcan una recompensa tan inverosímil y descabellada? ¿Bajo qué extraño estado hipnótico están los hombres de la Compañía? ¿Qué monstruosas maquinaciones encubre este concurso demencial? ¿Es posible que existan aventureros capaces de firmar un contrato así?»

Para cada una de las preguntas, mi cerebro encontraba muchas respuestas, conjeturas, hipótesis y temores. Para no quedar sumido en una completa confusión, me esforcé en sintetizar antes de que el formidable trabalenguas mental ganase más terreno.

«El único dilema que ahora exige respuesta

es el siguiente —me dije—: ¿acepto seguir el juego de la Compañía, o abandono y que se metan el contrato donde les quepa?»

Sí, pero ¿cómo decidir? ¿Cómo valorar los posibles peligros, si nada sabía de ellos? ¿Podían tomarse en serio las amenazas y las promesas de la Compañía? ¿Valdría la pena hacer de conejo de Indias a pecho descubierto?

Al fin, de forma análoga a como he reaccionado en otros momentos cruciales de mi vida, un poderoso impulso afirmativo, vital, vino a poner las cosas en su sitio. La idea más insufrible era renunciar, suspender mis investigaciones cuando apenas habían dado sus primeros frutos. Decididamente, mi reportaje continuaría su camino. El deseo de culminarlo me ayudaría a encontrar el valor y la inspiración necesarios. Si, de algún modo, era cierto que derrochando audacia e imaginación podía vencerse al laberinto, yo iba a salir triunfante. Por lo menos, eso creía en aquel momento eufórico, cuando el desafío que la Compañía había lanzado al mundo se encontraba en mis manos como un asidero al rojo vivo.

La decisión, para bien o para mal, estaba tomada. Faltaban escasamente dos horas para las nueve de la noche. Salí precipitadamente del local. Entonces me di cuenta de que al llegar a Dondrapur había olvidado recoger mi maleta de la cinta transportadora. No tenía tiempo de volver al aeropuerto a buscarla. Confié en que estuviese guardada en consigna. Por fortuna, di pronto con unos almacenes en los que había de todo. Adquirí diversos objetos que pensé que podrían serme de utilidad en Tökland. Después compré una mochila en la que cupieran todos. En el probador, me enfundé la indumentaria de campaña que acababa de adquirir. Mi flamante e inútil traje fue a parar al fondo de la mochila.

Sólo me restaba telegrafiar al director de *Imagination* comunicándole simplemente que embarcaba hacia Tökland, omitiendo otros detalles que hubiesen podido despertar su inquietud. Nada podía hacer por mí en aquellos momentos, sólo desearme buena suerte a través de la enorme distancia que nos separaba. Después de hecho esto, me encaminé sin pérdida de tiempo hacia el lugar de la cita. Cualquiera que se hubiese fijado en mí, podría haber pensado que partía rumbo a maravillosos horizontes. Y, sin embargo, me disponía a emprender la primera etapa del más difícil viaje de mi vida. Sólo que, entonces, aún no lo sabía.

Al contrario, por ingenuo que parezca, me sentía totalmente tranquilo, como si el hecho de haber decidido enfrentarme a la Compañía me pusiese a cubierto de cualquier peligro. En mi subconsciente, el atrevimiento se transformaba en talismán; la audacia, en garantía de éxito. El laberinto de Kazatzkian estaba lejos todavía, acechando en las tinieblas oceánicas la próxima llegada de un pobre periodista que se había sentido con fuerzas para meterse en la cueva del dragón.

Cuando estaba ya muy cerca del muelle Este-3, cumplí el último requisito que ponía mi destino en manos de la misteriosa Compañía: estampé mi firma al pie del contrato de exploración.

Apenas mi silueta se había recortado en la entrada del embarcadero, cuando dos hombres emergieron de entre las sombras. No eran los que se ocupaban de las pruebas de selección. Eran otros, pero su aspecto resultaba igualmente extraño, algo indescriptible y perverso emanaba de sus rostros. Sin embargo, su actitud no me pareció amenazadora. Con un remoto residuo de amabilidad, uno de ellos preguntó:

—Míster Maris, ¿no es cierto?

—Sí, soy yo —respondí con fingida naturalidad.

—¿Me entrega el contrato firmado, por favor? —Al decir esto, tendió hacia mí una mano gigantesca con macabros tatuajes.

—Aquí tiene —dije resueltamente.

Me esforzaba en comportarme con desparpajo, como si aquello fuese un normal y simple trámite, una cosa de rutina.

—Zarparemos de inmediato —añadió, después de cerciorarse de que el contrato estaba firmado—. Al amanecer estaremos en Tökland.

Después de andar unos cien metros, subimos a bordo de una pequeña motonave. No había nadie más, ni rastro de los demás concursantes. Estábamos solos.

—¿No viene ningún otro candidato? —inquirí, sin poder evitar un cierto dejo de inquietud.

—Los han eliminado, nunca irán a Tökland —contestó ásperamente el individuo que hasta entonces no había hablado.

Después de la poco tranquilizadora respuesta, se fue hacia la cabina donde su compañero ya estaba maniobrando. En el talante de aquellos hombres se veía bien a las claras que no estaban dispuestos a contestar a más preguntas ni querían mantener conmigo conversación alguna. Cinco minutos más tarde estábamos rumbo a alta mar. En el momento de nuestra partida nadie dio señales de vida en el muelle Este-3. Se hubiese dicho que la Compañía había elegido a propósito el más solitario y alejado de los em-

barcaderos. Y un hecho parecía cierto: de mi embarque en la motonave no había ningún testigo.

Durante algún tiempo, diversas cavilaciones relativas a Tökland y a su desconocido laberinto me tuvieron ensimismado en cubierta, con la mirada extraviada en las negruras del invisible horizonte. Después, la fatiga me venció y busqué acomodo en el camastro de un minúsculo camarote y al instante me quedé profundamente dormido.

Pero la omnipotente Compañía consiguió incluso invadir la intimidad del sueño. Mi subconsciente me obsequió con un completo programa de cine de terror en el que siempre aparecía la banda de Kazatzkian, aunque bajo diversas encarnaciones, a cual más siniestra. Por ejemplo, Mr. Anastase se me aparecía como un científico demente que practicaba profundas alteraciones en los cerebros de los incautos concursantes que eran admitidos en Tökland. Después de reducirlos a estado hipnótico para que no se dieran cuenta de nada, se les exponía a ciertas radiaciones que podían causar serias alteraciones en su personalidad. Luego eran devueltos a Dondrapur y, aparentemente, podían continuar su vida normal con la idea de que habían fracasado en un laberinto que ni siquiera existía. Pero, poco a poco, los efectos de las radiaciones se iban dejando notar, mientras los secuaces del criminal, instalados de incógnito cerca de la víctima, observaban el resultado de los crueles experimentos.

En otro momento del sueño, la Compañía era en realidad una secta religiosa secreta que practicaba ritos perversos bajo la dirección del sumo sacerdote Kazatzkian. Los cándidos aspirantes al falso premio eran utilizados como víctimas de abominables ceremonias. Luego eran devueltos vivos y sin heridas, pero con trastornos nerviosos permanentes mezclados con amnesia parcial. La Compañía justificaba esas perturbaciones alegando que eran consecuencia del impacto emocional sufrido en el laberinto y, esgrimiendo los contratos firmados, rehuía cualquier responsabilidad.

Siempre bajo una tónica siniestra, la Compañía fue adquiriendo en mis pesadillas diversas caracterizaciones: una multinacional farmacéutica que probaba en los concursantes medicamentos nuevos de resultados inciertos y peligrosos; una banda de voraces especuladores que querían extraer de las entrañas de la isla ciertos metales misteriosos, empleando como mano de obra gratuita a los indefensos visitantes, que eran sometidos a trabajos forzados a muchos metros de profundidad; una agencia de reclutamiento de espías, que bajo complicadísimos chantajes obligaba a los que llegaban a la isla a regresar a sus países de origen transformados en agentes secretos al servicio de una oscura potencia clandestina que aspiraba a dominar el mundo, etcétera.

En todas esas truculentas vivencias, el observador permanente del gobierno de Dondrapur aparecía como un personaje en permanente estado de embriaguez, totalmente inoperante y sobornado por la Compañía. Su presencia no su-

ponía un obstáculo para las turbias actividades de la banda de Kazatzkian.

Curiosamente, todas aquellas situaciones que tan lejos estaban de la realidad que me aguardaba cumplieron la función de descargarme en sueños de las inquietudes que, sin yo saberlo, se agazapaban en mi interior.

Cuando me desperté alertado por la sirena de la motonave, me sentí fresco y relajado, como si hubiese pasado una plácida noche. Gracias a las pesadillas, había agotado por el momento mi capacidad de angustiarme. Podría concentrar, sin interferencias, toda mi energía en lo que tuviese que hacer. Estaba amaneciendo. Me incorporé para desperezarme y entonces lo vi por vez primera. En medio del océano, majestuoso y amenazador, se alzaba el tétrico islote de Tökland, medio oculto por una pesada niebla que hacía imprecisos sus contornos. Su mole rocosa de color triste, yerma de vegetación y vida, y los agrestes acantilados que rechazaban el oleaje espumante componían una estampa de muerte y desolación que invitaba a cualquier cosa excepto a acercarse a sus costas. Además, hacía mucho frío. Pero yo no tenía opción a dar media vuelta. Y, en el fondo, tampoco deseaba hacerlo.

Nos habíamos aproximado a una especie de fondeadero natural en el que estaba atracada una nave semejante a la que tripulábamos. Pero no había nadie allí. Sólo bruma y soledad. Llegados a nuestro destino, desembarcamos rápidamente. Aquellos dos individuos parecían tener prisa. Al coger la mochila, tuve la sensación de que la habían registrado mientras dormía, aunque no me dieron la ocasión de comprobarlo. Al poner los pies en el suelo pedregoso adquirí clara conciencia de que entonces, de verdad, comenzaba mi aventura.

«Si detrás de todo esto se oculta algún propósito criminal, voy listo —me dije a modo de frío balance—. Pero no creo que las cosas sean tan simples. Quienes han urdido toda esta patraña deben tener, a la fuerza, algún atisbo de genialidad, aunque sea enfermiza.»

Montamos en seguida en un todoterreno que estaba estacionado cerca de nuestro lugar de desembarco y nos adentramos en el corazón del islote. El mutismo de mis enigmáticos acompañantes continuaba imperturbable.

Nuestro vehículo atravesó parajes rocosos y húmedos en los que tan sólo alguna degenerada variedad de lagarto animaba un poco la escena al ocultarse a nuestro paso. Ni un solo indicio, en toda aquella solitaria vastedad, podía permitirme adivinar la razón por la que la pintoresca Compañía había puesto tanto empeño en alquilar Tökland a alto precio.

Al fin, tras unos veinte minutos de monótono y desolador itinerario, llegamos a una explanada arenosa, abrigada por un cinturón de montecillos de escasa envergadura. De todo lo visto hasta entonces, aquél era el único lugar que parecía habitado. Pero, tal como había sospechado desde el primer momento, no había allí espectaculares construcciones ni asomo de instalación turística alguna. Tan sólo varios almacenes y barracones, construidos con materiales prefabricados de escasa belleza. Todas las puertas y ventanas estaban cerradas.

Las precarias edificaciones formaban una avenida que se ensanchaba a la mitad originando una plazoleta rudimentaria. En ella se detuvo el todoterreno.

Mientras afianzaba el freno de mano, el conductor habló sin mirarme:

—Mr. Kazatzkian le concede el privilegio de darle la bienvenida personalmente. Puede dejar aquí el equipaje. —Finalizando sus palabras, indicó una de las puertas próximas.

Me apeé del vehículo. Mientras recorría los diez metros escasos que me separaban del lugar señalado tuve la impresión de que muchos ojos me espiaban desde el interior de los barracones. Pero el sol empezaba a lucir y la atmósfera lúgubre del paisaje quedaba algo atenuada por la claridad del día. Si lo de la bienvenida era cierto, trataría de aprovecharla a fondo. Puede que tuviera que vérmelas con un loco, pero algo sacaría en claro. Pronto sabría qué se traían entre manos.

Actuando casi con descortesía, empujé la puerta tras golpear brevemente con los nudillos. A mi vista apareció un destartalado despacho de campaña. Desplegados sobre varias mesas largas, había muchos croquis repletos de señalizaciones, medio sepultados por una gran diversidad de instrumentos de dibujo.

Sentado detrás de una modestísima mesa de dimensiones reducidas, hojeando libros de aspecto muy antiguo, ausente y absorto, estaba un hombre delgadísimo, de unos setenta años, que no había advertido mi presencia.

Permanecí de pie, inmóvil, sin hacer el menor ruido. De pronto, como si hubiese captado alguna imperceptible vibración, el personaje me miró mientras se levantaba rapidísimamente mostrando su estatura gigantesca: poco le faltaba para llegar a los dos metros.

Sus movimientos habían sido tan rápidos que, por un momento, pensé que se trataba de

algún muñeco mecánico impulsado por pode-
rosos resortes. Parecía imposible que tanta energía pudiese albergarse en aquel cuerpo. Pronto
abandonó su automatismo mostrándome un
rostro profundamente demacrado, pero humano, que esbozó una sonrisa.

—Siéntese, por favor. No le retendré más que
un minuto. Imagino que estará usted impacien-

te por comenzar la exploración —dijo casi con dulzura, como despertando de un prolongado letargo.

Mi primera impresión, modificada más tarde por completo, fue la de estar ante una persona sumida en hondas melancolías que podían ser aliviadas por la simple presencia de un forastero. Pero en seguida advertí que su cara cambiaba de expresión con asombrosa facilidad. Un segundo después compuso el semblante de una persona que dominase totalmente la situación. Acto seguido parecía estar atenazado por una acuciante inquietud. Tal era la sucesión de mudanzas de su rostro, que evité mirarle directamente para eludir la incómoda sensación de estar hablando con varias personas fundidas en el cuerpo de una sola. Simulando no advertir esas anormalidades, repuse con aplomo:

—Sí, naturalmente. Supongo que será una aventura formidable.

—Sin duda, usted se habrá preguntado qué clase de laberinto es el que va a explorar. —Ahora su expresión terrible y escrutadora parecía estar animada por un poderoso flujo hipnótico.

—Espero poder averiguarlo en cuanto penetre en él —repuse tragando saliva con el mayor disimulo posible.

Entonces su cara se inflamó de un modo que me hizo pensar en Nerón contemplando el incendio de Roma.

—Se trata de la más deslumbrante obra de arte de nuestra época. —Al decir esto, se sentó. Parecía un capitán de barco hundiéndose jubilosamente con su propia nave—. A su creación he consagrado todos mis esfuerzos, hasta la extenuación, pero ha valido la pena: ¡es la suprema maravilla del siglo!

Ahora su rostro correspondía al de un exaltado visionario que hablase de algo que sólo existía en su mente.

—Aunque hoy es todavía un secreto impenetrable, no está lejano el día en que las generaciones, asombradas, se descubrirán ante mi portentosa creación —añadió con fervor creciente.

La verdad es que, en aquel instante, no di el menor crédito a sus palabras. Hasta pensé que estaba haciendo el primo al escuchar con fingida admiración lo que yo consideraba como simples desvaríos.

«Me ha seleccionado porque piensa que seré vulnerable a sus quimeras —pensé—. Me hablará de supuestas maravillas hasta que sus ayudantes, que en realidad deben de ser enfermeros, me lo aclaren todo. Y hasta puede que me den una gratificación por haberme prestado al juego.»

Sin embargo, la inconsistencia de mis primeros recelos no tardaría en revelarse. Kazatzkian hablaba con sinceridad. Y no debido a que hubiese acabado creyendo sus propios embustes, sino porque, en cierto modo, lo que decía era cierto.

—En el laberinto —prosiguió— hay una síntesis genial de todas las artes. Es como un museo-enigma sembrado de terrores y de éxtasis. En su interior se puede viajar hacia el más allá de todo lo conocido en el mundo de los sentidos.

Confieso que lo del *viaje hacia el más allá* no me hizo ni pizca de gracia. Podía tomarse por una forma metafórica de predecirme que pasaría a mejor vida. El excéntrico personaje, arrebatado por su propia oratoria, continuaba proclamando, casi a voz en grito, las sugerentes características de su invento.

—Pero para poder gozarlo plenamente, para ser un digno visitante-explorador de mi maravilla laberíntica, se requieren, en grado superlativo, algunas de las más hermosas cualidades que pueden adornar al ser humano: un infatigable espíritu de aventura, el deseo de explorar lo desconocido, la generosidad en el uso del valor y la audacia, la capacidad para enfrentarse con lo extraordinario, una imaginación acostumbrada a no contentarse con las apariencias, un instinto adecuado para penetrar en lo más recóndito de un laberinto sin extraviarse, la astucia necesaria para desentrañar complejos enigmas y, por encima de todo, la honestidad suficiente para guardar el secreto de todo aquello que descubra y no deba ser revelado al mundo. —Kazatzkian hizo una larga pausa, como si estuviese derrengado por el esfuerzo de su discurso—. Mi supremo objetivo es dar con la persona que en mayor medida reúna esas cualidades: ella será la primera que recorrerá mi fabulosa cripta de principio a fin, si consigue salvar todas sus trampas. Después, así lo espero, podré descansar en paz.

Kazatzkian entornó los ojos. Ahora su rostro parecía una máscara trágica. Entre dientes, y como si hubiese olvidado mi presencia, murmuró:

—Tiene que existir, en algún lugar tiene que haber una persona así... es necesario, es absolutamente necesario, queda ya muy poco tiempo...

De pronto, se recobró. Su semblante adoptó los movimientos de un barítono en plena representación de una ópera de Wagner.

—Después, cuando ese héroe de nuestro

tiempo, convertido en avanzado de la especie humana, haya demostrado a las naciones que el laberinto de Tökland no es infranqueable, sus puertas se abrirán a todos y centenares de miles de personas acudirán a contemplar esta nueva maravilla del mundo, muchísimo más extraordinaria que los jardines colgantes de Babilonia, incomparablemente más enigmática que la Esfinge y las pirámides de Egipto, de un poder deslumbrante que deja pálido en su tiempo al faro de Alejandría, dotada de una estructura titánica que minimiza al coloso de Rodas, al sepulcro de Mausolo en Halicarnaso, a la estatua de Júpiter Olímpico, al templo de...

Mientras Kazatzkian continuaba enumerando las maravillas de la Antigüedad, comprendí que me iba a resultar muy difícil hacerle todas las preguntas que tenía preparadas.

Continuó su discurso, en tono a la vez amenazador y atemorizado.

—Pero si los días transcurren sin que nadie sea capaz de llegar hasta el corazón del laberinto, si no se esclarecen sus secretos antes de que mi vida llegue a su final, ¡terribles desgracias pueden acechar a la humanidad!

En aquel momento, sin dar crédito alguno a su vaticinio, pensé que la razón de tan sombría profecía era su enorme deseo de encontrar un explorador capaz de valorar todos los aspectos de su enigmática obra, como si ello, de algún modo, supusiera una compensación a todos los esfuerzos realizados. ¿Se trataba de un artista obsesionado por la grandeza de su propia creación?

Kazatzkian se miraba las manos como si buscara en ellas explicación a algo incomprensible. Su repentino silencio me sorprendió; parecía arrepentirse de las últimas palabras que había pronunciado. Aproveché ese momento para introducir una pregunta.

—¿Dónde está el fabuloso laberinto?

Tal como sospechaba, la respuesta fue:

—¡En el subsuelo! Cuando supe que el islote de Tökland estaba horadado por una interminable red natural de pasadizos, galerías y pozos subterráneos, abiertos en la roca viva desde tiempos remotos, concebí mi gran obra: convertir el laberinto natural en un fantástico museo de enigmas y misterios, en una creación artística incomparable.

A partir de este momento, empecé a creer que algo de todo aquello podía ser cierto. Mi impaciencia por iniciar el recorrido crecía segundo a segundo.

—Hemos enriquecido la estructura primitiva —continuó Kazatzkian— con singulares aportaciones. Le aseguro que atravesar el laberinto de Tökland es la mayor aventura que hoy puede vivirse.

Acabada esta frase, una dulce somnolencia pareció invadirle. Estaba inmóvil, mostrando un rostro noble y generoso. A pesar de las huellas de la vejez, resultaba un bello espectáculo, como una estatua antigua. Permanecí unos momentos callado, por temor a perturbar aquella plácida imagen. En aquel momento, uno de sus hombres irrumpió en la escena.

—Ya está todo a punto —dijo rápidamente—. Svanovskia acaba de salir.

El creador de laberintos abrió los ojos con sobresalto. Cualquiera hubiese dicho, viéndole la cara, que acababa de regresar bruscamente de un largo viaje al mundo de los sueños. Después, haciendo un gran esfuerzo, como si le costara adaptarse de nuevo al tiempo real, se puso en pie trabajosamente. Ahora parecía un anciano sin fuerzas. Me miró con afecto y dijo:

—Buena suerte, te deseo mucha suerte, vas a necesitarla. Hasta ahora, todos han fracasado. Coincidiendo con tu llegada, se ha producido el abandono del último explorador que había entrado en el laberinto: Yuri Svanovskia, el campeón mundial de ajedrez. Ahora vas a emprender tú ese camino del que tantos han vuelto con la huella del fracaso en el rostro. Que toda la imaginación del mundo te ilumine, hijo mío.

Me había hablado con el cariño de un padre que dice adiós a un hijo antes de que éste emprenda un arriesgado viaje. En su voz noté tan profunda sinceridad que, a pesar de lo absurdo de la situación, llegó a conmoverme.

Salí al exterior, donde me aguardaba el hombre que había dado el aviso. En aquel preciso momento, un todoterreno pasó por delante de la puerta. Además del chófer, que era uno de los miembros de la Compañía, llevaba otro ocupante. En seguida lo reconocí. Era, en efecto, Yuri Svanovskia, campeón mundial de ajedrez y famoso deportista ruso. Me dirigió una mirada ausente y maquinal. Tenía un aspecto enfermi-

zo, como si hubiese estado sometido a un desmesurado esfuerzo mental o a impactos emocionales insoportables. En su rostro creí adivinar la huella del fracaso mezclada con otro sentimiento todavía más intenso: el alivio que, al parecer, le suponía la esperanza de poder abandonar Tökland inmediatamente.

Mientras Svanovskia desaparecía en dirección al mar, mi acompañante me condujo a un barracón contiguo que estaba presidido por el rótulo

CONTROL DE SALIDA DE EXPLORADORES

En el interior, sobre una larga mesa, aguardaba mi mochila. Junto a ella, varios de mis utensilios. El hombre, señalándolos, dijo:

—En cumplimiento del artículo octavo del Contrato de Exploración, estos objetos quedan retenidos. Se le devolverán... a la salida.

Los efectos confiscados eran: un encendedor con microcámara fotográfica incorporada, un contador Geiger de bolsillo, una pistola de bengalas luminosas, varios pliegos de papel adecuados para dibujar planos y gran cantidad de carretes de hilo que había pensado utilizar como reguero para poder volver sobre mis pasos sin extraviarme en caso de necesidad. Leyendo una lista, el controlador añadió:

—Podrá usted conservar los restantes materiales: una escalera de cuerda, dos rollos de papel higiénico, un saco de dormir, una manta, un par de botas de media caña, un cuadernillo de notas, un bolígrafo normal, un peine y... —al decir esto sonrió compasivamente— una brújula. Todo está en la mochila.

En aquel momento un todoterreno se detuvo ante la entrada de aquel almacén. Era el que momentos antes conducía a Svanovskia. Pero no tenía tiempo de haber llegado al embarcadero. Y menos todavía de haber hecho el camino de vuelta.

«Habrán cambiado de vehículo —me dije sin querer darle importancia—. A no ser que...»

Sin darme tiempo para formular mentalmente mis sospechas, el celador continuaba con sus indicaciones:

—Además, le hacemos entrega de una linterna, con su juego de pilas y bombillas de repuesto, de una fiambrera con su primera ración de alimento (economícela, no recibirá la próxima hasta dentro de doce horas, si es que todavía la necesita...) y de un transmisor de señales. Si se da usted por vencido o se encuentra en alguna situación desesperada, pulse el botón rojo, haremos lo que podamos. Pero recuerde, el botón rojo es la señal de ABANDONO. Después, en ningún caso podrá continuar. Es lo que dice el contrato, ¿recuerda?

Hice un gesto de asentimiento, coloqué los utensilios en la mochila y me la cargué a la espalda. El gran momento se estaba acercando. A pesar de los muchos motivos que tenía para sentirme intimidado, ardía en deseos de iniciar la exploración.

Sin siquiera despedirse, aquel individuo se

fue hacia el fondo del barracón y desapareció tras una estantería repleta de cascos de minero.

Nada me retenía allí. Habíamos cumplido todos los trámites previos. En la puerta, el chófer del todoterreno estacionado daba muestras de impaciencia, mirándome de un modo insolente. Salí al exterior y ocupé en el vehículo la plaza donde se había sentado el desaparecido Svanovskia. Bruscamente, el chófer arrancó. Pero a aquellas alturas ya estaba yo acostumbrado a los malos modales y al comportamiento extraño de los hombres de la Compañía.

El todoterreno corría como si una manada de enfurecidos rinocerontes estuviese persiguiéndonos. No habrían transcurrido ni tres minutos cuando nos detuvimos junto a la base de una de las pequeñas montañas rocosas que rodeaban al exiguo campamento. El frenazo fue tal que pensé que los neumáticos iban a estallar. Pero no fue así: sin duda estaban habituados a tratos semejantes.

Al pie de la montaña, una cueva impresionante abría sus tenebrosas fauces. Sin duda, nos encontrábamos ante la entrada del laberinto. En el interior, la gruta se estrechaba dando paso a un angosto túnel descendente que parecía conducir a las mismísimas entrañas de la isla. A pesar de que aquella imagen era sobrecogedora, mi ánimo no flaqueó. Ya nada podía detenerme y, curiosamente, después de conocer a Kazatzkian, había nacido en mí la certeza de que nada irreparable me iba a suceder si lograba conservar la calma.

Sin molestarse en bajar del todoterreno, mi hosco acompañante dijo:

—Ya puede empezar. Y recuerde: dispone de siete días como máximo. Sincronice su reloj con la hora oficial de la isla: son las doce del mediodía.

Extrañado, protesté:

—Pero esto no es posible: ¡apenas hace una hora que ha amanecido!

—No importa —contestó inflexible—. En

Tökland no rigen los mismos horarios que en el resto del mundo. Aténgase a lo dicho. Aquí los amaneceres son engañosos.

Decidí no discutir más. Nada me costaba plegarme a aquella nueva extravagancia. Mientras ponía mi reloj en hora, el tipo arrancó alejándose a toda velocidad.

A decir verdad, estaba un poco decepcionado. Había supuesto que mi aventura tendría un inicio más espectacular. No esperaba que me despidiesen con bandas de música ni que los hombres de la Compañía se disfrazaran de *majorettes* para desearme un feliz recorrido, pero aquella soledad era desconcertante. No se veía ni una alma por los alrededores. Sólo el todoterreno que se alejaba dejando como estela una gran serpiente de polvo.

«Sin duda —pensé—, las grandes y terribles maravillas prometidas están ahí abajo. Bueno, pues, allá voy. ¡Adiós, luz del sol, espero que pronto volveremos a vernos.»

Al cabo de un instante, empuñando mi lin-

terna encendida, ya me había internado en la cueva.

Después de recorrer los primeros cincuenta metros del túnel que era la prolongación natural y única de la cueva de entrada, me topé con el dilema que, por decirlo de algún modo, inauguraba la larga serie de incógnitas que aguardaban a lo largo de todo el laberinto. El pasadizo se bifurcaba en dos direcciones, ¿por cuál avanzar? Una de ellas continuaba en sentido descendente hacia las profundidades, mientras que la otra, en difícil cuesta, ascendía. Dirigí el haz de luz hacia uno y otro sendero, tratando de razonar.

—Kazatzkian ha dicho que el laberinto está en el subsuelo. Luego debería continuar por el camino de bajada. Pero si esto es un verdadero laberinto en el que cada encrucijada constituye un enigma a resolver, no voy a caer en la trampa de dejarme guiar por las apariencias a las primeras de cambio. Aplicaré una técnica paradójica: para bajar, subiré.

Sin pensarlo más, empecé a remontar el túnel

ascendente. Mi linterna se abría paso entre aquellas paredes de color grisáceo negruzco. A los pocos minutos, cuando ya estaba casi sin aliento, tuve la confirmación de que había acertado.

El túnel se ensanchaba, yendo a desembocar en una caverna iluminada por puntos de fuego. Antes de penetrar en ella, reparé en una tabla de madera que estaba incrustada en la roca. Tenía grabada la inscripción:

SALA DE LOS SIETE MÚSICOS

En aquel momento, una música difícil de describir, que parecía aún más extraña por la resonancia de la caverna, empezó a sonar. Atraído por su peculiar magnetismo, entré en la gruta después de apagar mi linterna.

Con estupor descubrí un conjunto de cámara formado por siete músicos ataviados a la usanza del siglo XVIII que estaba actuando, algo desafinadamente, a la luz de siete antorchas. Desde el primer instante advertí en sus actitudes y movimientos algo que resultaba misterioso. Todavía no repuesto de mi sorpresa, dije ingenuamente:

—¡Buenos días, señores!

Siguieron tocando sin inmutarse, ignorando por completo mi presencia.

«Vaya —dije para mí—, había olvidado que los hombres de la Compañía no acostumbran a ser muy habladores.»

Para romper su mutismo, decidí aproximarme al grupo sin hacer ruido. Luego me detuve, quedando a una prudente distancia, para no interrumpir.

Después de unos segundos de estar allí plantado como un solitario e indeseado espectador, estallé en sonoras carcajadas al descubrir la verdad.

¡Aquellos músicos eran autómatas, figuras mecánicas! Pero la ilusión de vida era tan perfecta, sus movimientos tan acompasados, que hasta que no me acerqué a ellos no me di cuenta del engaño. Ante cada uno de los asombrosos androides había sendos atriles que sostenían lo que, en principio, pensé serían partituras, aunque, por supuesto, ellos no las necesitaban.

Todo en aquella *sala* desprendía una acusada sugerencia fantasmal y ponía de manifiesto un gran sentido estético y escenográfico por parte de quien había colocado los autómatas.

Echando una ojeada alrededor, vi que la caverna tenía ocho salidas distintas que correspondían a otros tantos pasadizos que arrancaban del fondo. Esto equivale a decir que el

segundo enigma del laberinto estaba ya frente a mí. ¿Por cuál de los ocho túneles debía continuar? ¿De qué modo podían ayudarme los músicos mecánicos? ¿Dónde estaba la clave del dilema?

Al acercarme de nuevo a los androides, descubrí que las hojas de papel que estaban en los atriles no eran partituras musicales, sino mensajes escritos sobre papel pautado. Los leí uno tras otro, sin pausa.

«La PUERTA DEL ABISMO conduce a los pozos espirales sin fondo donde la muerte acecha con mil trampas.»

—¡Atiza! —se me escapó—. Ya empezamos.

«La PUERTA DEL OLVIDO no verá regresar a los que por ella se internen errando el camino.»

«Ésta, sea cual sea, tampoco parece prometedora...»

«La PUERTA DE LA CEGADORA LUZ atraerá a los que la traspasen hacia destellos que no podrán soportar y detrás de los cuales sólo existe el vacío.»

«Ya, que ni con gafas de sol uno puede salir bien parado...»

«La PUERTA DE LAS TINIEBLAS conduce a espacios donde la luz no es luz y sólo la oscuridad reina para siempre.»

«Si me meto ahí, ¡ni la linterna podrá salvarme!»

«La PUERTA DEL LAGO SUBTERRÁNEO sólo guarda tras ella ojos de ahogados y cantos de sirenas.»

Entonces me di cuenta de que hacía mal al tomarme aquello a la ligera. Era una forma casi inconsciente de aliviar la tensión que me producía aquel fantasmagórico recinto, cierto; pero teniendo en cuenta que aquellas frases podían contener la clave del enigma, me convenía tener los ojos bien abiertos y dejar de bromear. Ya con mayor atención proseguí la lectura de las inquietantes letanías.

«La PUERTA DE LOS MURCIÉLAGOS ASESINOS no concede esperanza alguna a los que por ella se extravían.»

«La PUERTA DEL SUEÑO ETERNO sólo alberga pesadillas que nunca terminan.»

Cuando creía haber acabado la ronda de negros destinos, reparé en algo que hasta entonces me había pasado inadvertido: había un octavo atril, con su mensaje correspondiente y sin figura que lo acompañara, situado en lo que podría ser el emplazamiento del director de la pequeña orquesta. Su hoja decía:

«La PUERTA DE LA VIDA es el umbral que conduce al corazón del laberinto, pero su secreto sólo lo posee alguien que no existe.»

Sí, la cosa estaba *clara*: de las ocho puertas disponibles, sólo una permitía proseguir el recorrido. Las restantes, fueran o no ciertos los horrores que se les atribuían, debían ser cuidadosamente evitadas para no extraviarse y para evitar males mayores.

Pero ¿cómo saber cuál de las ocho era la adecuada? Por descontado, no podía perder un tiempo precioso probando al azar una y otra (aparte de que tal vez perdería algo más que tiempo) hasta dar con la válida. ¿De qué forma podría descifrar el enigma de las ocho puertas y los siete músicos?

Los autómatas, infatigables, continuaban con su irregular concierto. A pesar de lo extraño de mi situación, ni por un momento dejé de tener la certeza de que allí existía una clave que era posible descifrar. Seguro que estaba ante mis ojos, pero tenía que *verla*.

En mi cabeza daban vueltas las frases recién leídas. Sin saber por qué, tal vez por olfato, me entretuve especialmente en aquella que decía:

«... su secreto sólo lo posee alguien que no existe.»

Ahora mi concentración era total. Estaba entregado por completo a la lucha contra el dilema que me cerraba el paso.

«... alguien que no existe, alguien que no existe; el mensaje está en el atril del ausente director, ¡claro, del director inexistente, del director QUE NO EXISTE!»

Entonces, mucho me temo que por pura ca-

sualidad, conseguí dar con el secreto de la PUER-
TA DE LA VIDA.

Instintivamente, me acerqué de nuevo al
conjunto musical. Los intérpretes mecánicos,
imperturbables, prolongaban la desconocida so-
nata. Navegando en un mar de dudas, me coloqué frente a ellos, ante el atril solitario, en la
posición que habría correspondido al inexistente director del conjunto. Y entonces, casi inmediatamente, ¡supe que había descifrado el secreto!

Desde mi emplazamiento, y debido a la estu-
diada colocación de las figuras, todas las salidas
excepto una quedaban ocultas a la vista. Los
cuerpos animados se interponían entre mi mirada y siete de las puertas, imposibilitándome su
visión. Sólo una quedaba accesible a mis ojos,
sin obstáculo alguno. ¡Aquélla era la que tenía
que traspasar!

Al convertirme en el director de la orquesta
había descubierto el paso libre hacia la PUERTA DE
LA VIDA. Los autómatas eran una especie de pla-

no indicador que podía ser utilizado si se interpretaba bien el mensaje.

Sin darme tiempo a nuevas dudas, reemprendí la marcha entrando en el túnel salvador. De nuevo encendí la linterna, pues el conducto estaba totalmente oscuro. A mi espalda, cada vez más tenues, flotaban las notas de la serenata a la luz de las antorchas.

Poco después, el único sonido que oía era el retumbar de mis propias pisadas. De vez en cuando veía en las paredes agujeros semejantes a madrigueras. Pero, dado que por allí no podía introducirse el cuerpo de un hombre, ni siquiera consideré la posibilidad de meterme en ellos, aunque se prolongaban roca adentro. El camino apenas tenía pendiente. Podía caminar muy de prisa, mirando con atención dónde ponía los pies.

No habrían transcurrido ni cinco minutos, cuando desemboqué en una amplia galería. En ella me aguardaba un nuevo enigma escenográfico. Sin duda, para descubrir los secretos que encerraba, se requerían dosis de astucia e imaginación muy superiores a las que había necesitado para hallar la respuesta de los siete músicos.

No voy a referir ahora cuanto entonces vi. Más adelante se sabrá; por lo menos, eso espero. Pero sí puedo anticipar que el laberinto se hacía cada vez más difícil y fascinante.

En aquel momento, creo que en décimas de segundo, tomé una decisión que asombrará a los que me lean: ¡pulsé en el transmisor la señal de ABANDONO!

De repente, me había asaltado una tremenda sospecha acerca de los móviles ocultos de Mr. Kazatzkian. Todavía ahora no me atrevo a formularla: parecería quizá descabellada. Al entrar en la nueva sala del laberinto la conjetura empezó a inquietarme insidiosamente, era algo confuso, pero con la suficiente gravedad como para motivar un instantáneo cambio en mis planes. Concebí una nueva estrategia que distaba de todo lo que había estado haciendo hasta entonces.

Mi nuevo planteamiento se fundó en una aparente contradicción: para poderle arrancar a la isla de Tökland sus intrincados secretos, lo primero que tenía que hacer era salir derrotado del laberinto y abandonar inmediatamente el islote.

A los pocos minutos de haber pulsado la señal de rendición, dos hombres de la Compañía, a los que no había visto hasta entonces, llegaron al lugar donde me encontraba.

—¿Se retira usted? —preguntó el más alto, sin duda escamado por la prontitud de mi abandono.

—Sí, me doy cuenta de que esto es demasiado para mí. Me siento incapaz de continuar —contesté como si estuviera abrumado.

—En ese caso, salgamos —concluyó despectivamente.

Me hicieron desandar el camino y al poco la luz del sol cegó mis ojos acostumbrados a la oscuridad. Habíamos llegado a la entrada del laberinto. De forma desconsiderada, me hicieron subir al todoterreno. Pasamos velozmente por entre los barracones del campamento. Kazatzkian, sin duda enterado de mi abandono, estaba de pie en el umbral de su gabinete. Me dirigió una penetrante mirada. Durante una décima de segundo tuve la sensación de que él sabía que mi rendición era más aparente que real. La peculiar ansiedad de sus facciones parecía haber aumentado y todo su cuerpo se mantenía rígido, igual que una estatua labrada en las rocas de Tökland.

En cuanto llegamos al embarcadero, subí a bordo de una de las dos motonaves allí fondeadas. En ella me estaban aguardando los tripulantes que ya conocía. En seguida nos hicimos a la mar.

Entonces, una duda que había quedado olvidada a causa de los acontecimientos posteriores, se me presentó de nuevo. Si aquella gente tenía allí sólo dos lanchas, y ambas continuaban en el fondeadero, ¿cómo había salido de la isla Svanovskia, el campeón mundial de ajedrez? La ex-

trañeza que me produjo el hecho de que el todoterreno que lo conducía hubiese regresado tan
rápidamente al campamento, se veía ahora in-
crementada por indicios más extraños.

Convencido de que no serviría de nada, de-
sistí de preguntar a los dos hombres que me
acompañaban. Hasta aquel momento, yo no había tenido dificultad alguna para abandonar Tökland. Pero ¿qué había sucedido con Svanovskia? ¿Había acaso otros lugares de embarque en
la isla? Eso me parecía muy improbable. Era una
nueva incógnita que sumar a las muchas que
planteaba el tortuoso certamen. En aquel momento, y en mi situación, nada podía hacer por
despejarla. Pero si mi incipiente plan conseguía
llegar a la práctica, no me iba a faltar la ocasión
de averiguarlo. Por de pronto, a mi regreso a Europa, trataría de enterarme si Svanovskia se había reintegrado a su vida normal.

A la caída de la tarde, después de una travesía sin incidencias, entramos en el puerto de
Dondrapur. Apenas desembarcado, y fuera ya

del control de la misteriosa Compañía Arrendataria de la Superficie y Subsuelo de la Isla de Tökland, inicié los preparativos para el segundo y tal vez definitivo asalto a la fortaleza laberíntica de Mr. Kazatzkian, el hombre de las mil caras.

NATHANIEL MARIS

SEGUNDA PARTE

UNA TREGUA DE VEINTIDÓS DÍAS

Veintidós días después de que Nathaniel Maris fuese expulsado de Tökland tras su aparente rendición, el concurso internacional continuaba en la misma línea de tensa expectativa, sin que se hubiesen producido novedades importantes. Por las noticias que llegaban a Europa se sabía que otros exploradores habían penetrado en el laberinto sin llegar, ni remotamente, a recorrerlo entero. Al parecer, el que más aguantó estuvo tan sólo dieciséis horas en su interior. La afluencia de concursantes no había disminuido por ello, aunque muy pocos superaban las pruebas de admisión.

El gobierno de Dondrapur, a pesar de estar bastante molesto por el revuelo que se había organizado, continuaba sin inmiscuirse en el asunto. No tenía pruebas de que la Compañía hubiese violado la ley o los términos de lo pactado. La singular extravagancia de Mr. Kazatzkian y la aparatosidad de su laberinto no eran motivo suficiente para promover el desahucio. En los partes del observador permanente figuraba siempre la misma expresión: sin novedad.

Algunos de los exploradores fracasados, despechados por su derrota, pretendieron querellarse contra la Compañía alegando rebuscadas razones, pero de nada les sirvió: el contrato que habían firmado los tenía atados de manos.

Circulaban muchísimas versiones, algunas verdaderamente alucinantes, acerca de los enigmas y escenografías que albergaba el laberinto. Pero nadie daba pistas claras, las descripciones eran confusas y, posiblemente, deformadas. Los que habían abandonado no querían facilitar la tarea de los que viniesen después de ellos. Así, las indudables dificultades que presentaba el recorrido por el subsuelo de Tökland habían alcanzado una resonancia casi mítica.

Maris fue el único que hizo públicas sus experiencias en Tökland con veracidad (en el artículo que hemos reproducido). Pero al haber sido tan breve su permanencia en la cripta natural, los enigmas descubiertos eran sólo una minúscula parte de los existentes en el trayecto.

Sin embargo, el reportaje «Un periodista en la cueva del dragón» causó un enorme impacto. Y ello por dos razones. En primer lugar, por el atrevimiento que demostraba Maris al manifestar públicamente que estaba elaborando un plan para descubrir los verdaderos propósitos de Mr. Kazatzkian y los secretos de su laberinto. Esa proclamación iba a llegar, sin duda, a oídos de la Compañía, y, fuera cual fuese la idea de Maris, las dificultades de un nuevo intento se multiplicarían estando la gente de Tökland alerta.

El otro aspecto que conmovió a la opinión pública mundial fue el caso Svanovskia. Nadie había visto al genio del ajedrez después de su hipotético regreso de Tökland. La publicación del artículo provocó numerosas pesquisas. Todo fue en vano. Aparentemente, las sospechas de

Nathaniel Maris encontraban confirmación. Pero, una vez más, peculiares circunstancias protegieron a Mr. Kazatzkian. La Compañía logró zafarse de las acusaciones que contra ella se dirigían gracias a la extravagante personalidad de su presunta víctima.

Yuri Svanovskia era un hombre de hábitos extraños y solitarios. El gran maestro del tablero gustaba de refugiarse en lugares desconocidos para efectuar sus entrenamientos. Se aislaba por completo del mundo y jugaba interminables partidas contra sí mismo, sumido en una ascética existencia de ermitaño. Sólo comparecía a la luz pública en las épocas de competición. Por consiguiente, el hecho de que no se le pudiese encontrar en parte alguna no bastaba para demostrar que nunca había regresado de Tökland.

Se pudo confirmar que la Compañía solamente poseía dos lanchas; pero los hombres de las oficinas de Dondrapur dijeron que Maris cometía un error al creer que, cuando zarpó de la isla, la otra motonave estaba fondeada. No podía estarlo, decían, porque un rato antes había partido con Svanovskia a bordo. Tampoco admitían que en el prematuro regreso del todoterreno hubiese señal inquietante alguna: se había efectuado un cambio de vehículo a la salida del campamento.

Entretanto, Kazatzkian se negaba a hacer declaraciones. Nunca iba a Dondrapur, permanecía siempre en su reducto de Tökland, inaccesible a la curiosidad general. En la isla sólo eran admitidos los escasos concursantes que superaban las pruebas de admisión. Nadie más tenía acceso a ella, con la única excepción de la lancha gubernamental que recogía los lacónicos partes del observador permanente.

Al parecer, y ello era motivo de no poca extrañeza, el creador del laberinto no tenía ningún interés en atraer las miradas del mundo, cosa que habría podido conseguir muy fácilmente lanzando espectaculares proclamas. Por el contrario, estaba empeñado en rodearse del mayor aislamiento posible, y lo único que parecía preocuparle era la marcha del concurso y la meticulosa selección de aspirantes.

Por su parte, a pesar de la popularidad alcanzada por el artículo en *Imagination*, tampoco Maris se prodigó en apariciones públicas. Los preparativos de su nueva expedición a Tökland se llevaron tan en secreto que algunos pensaron incluso que había renunciado a ella. Ni siquiera insistió en lo del caso Svanovskia cuando la réplica de la Compañía desmintió sus observaciones. Sin duda, Nathaniel esperaba que futuros acontecimientos viniesen a dar la razón a una de las dos partes.

Así, sin otros sucesos destacados, transcurrieron aquellos veintidós días de tregua que iban a dar paso a la fase decisiva de los acontecimientos. Mientras, en el corazón del laberinto de Tökland, los secretos custodiados por la Compañía esperaban la ocasión de desvelar su ignorado contenido ante el explorador que fuese capaz de llegar hasta su profundo y remoto emplazamiento.

LAS TRES PRUEBAS
DE DONDRAPUR

Aquél fue un día como los demás. El enjambre de aspirantes atraídos por la recompensa de cinco millones de dólares y por la avidez aventurera merodeaba por las proximidades de las oficinas de la Compañía en espera del ansiado momento en que los nombres de los admitidos serían dados a conocer. Entre las solicitudes presentadas en aquella jornada estaba, como una más, la firmada por un tal Cornelius Berzhot. La presencia de este concursante en Dondrapur constituye para nosotros la primera señal perceptible de que un ingenioso plan de acción estaba entrando en funcionamiento ante las mismísimas narices de los hombres de Kazatzkian.

El señor de Tökland, el hombre del rostro en

perpetua mutación, sin poder llegar a vislumbrar en qué consistía la conjura, estaba, sin embargo, en guardia. Conocía perfectamente el artículo de Maris y era el primer convencido de que lo que éste había escrito llegaría, de un modo u otro, a hacerse realidad.

Y cuando sus hombres le leyeron por radio, como hacían con todas las solicitudes, la de Cornelius Berzhot, su rostro se iluminó como lo hace la faz de un náufrago que cree ver en el horizonte marino la silueta de un transatlántico.

«Mi nombre es Cornelius Berzhot, *el Aliento del Amanecer*. Este apodo me fue otorgado en ceremonia ritual por mis amigos los indios pieles rojas durante mi última estancia en una de sus reservas. Desde entonces lo considero legítimamente como la segunda parte de mi nombre, como mi nombre mismo.

»Por mis afortunadas venas circula la sangre de los más diversos linajes de aventureros y descubridores. Mis antepasados estuvieron presentes en algunas de las más grandes exploraciones de todos los tiempos. En las innumerables ramas de mi frondoso árbol genealógico figuran exploradores y navegantes, guerreros que viajaron por Tartaria con el emperador de la China, acompañantes de Marco Polo en sus rutas orientales, marineros que fueron a las islas Salomón con Álvaro de Mendaña, navegantes que acompañaron a Vasco de Gama a la India, que exploraron el Amazonas con Orellana, estuvieron con Amundsen en el Polo Sur o participaron en las primeras experiencias aerostáticas de los Montgolfier, por citar sólo unos cuantos de diversas épocas.

»Es cierto que en los tiempos de mis antepasados había más posibilidades para los espíritus sedientos de aventura que en esta época. Pero, a pesar de ello, siguiendo los irresistibles impulsos de mi estirpe, he llevado una agitada vida de viajes, estudios científicos y exploraciones, descifrando jeroglíficos en tumbas egipcias descubiertas por mí, arrojando luz sobre ciertos pasajes de los manuscritos del mar Muerto, señalando significados ocultos en las ruinas del templo del Sol de Baalbek, en el Líbano, y habiendo llegado a dibujar un mapa aproximadamente verosímil de la Atlántida, la legendaria gran isla del Atlántico.

»Así como mis lejanos parientes se enfrentaron con valor a huracanes y maremotos, extenuadoras travesías por los desiertos, fiebres de las selvas tropicales, descomunales acometidas de ballenas, peligros silenciosos de las regiones árticas, disparos envenenados procedentes de cerbatanas camufladas, abordajes y colisiones en alta mar y la más variada gama de peligros y situaciones en los que era indispensable un indómito heroísmo, yo, modesto seguidor de su ejemplo inimitable, he dedicado mi existencia al descubrimiento de toda clase de misterios, se encuentren donde se encuentren y sea cual sea el peligro que entrañe aproximarse a ellos.

»Por todo ello, me creo con derecho a esperar que se me conceda la oportunidad de medir mis fuerzas con los enigmas de la isla de Tökland.

Posiblemente, sin yo saberlo, toda mi vida haya sido una constante preparación para el momento decisivo en que ponga los pies en el aterrador y deslumbrante laberinto. Si es cierto todo cuanto de él he oído y leído últimamente, se trata del misterio más fascinante que he conocido desde que tengo uso de razón. Por esta sola causa, entre muchas otras que no faltan, siento su imperiosa llamada, tiemblo de emoción ante la idea de que, seguramente, soy la única persona en el mundo que puede resolverlo.

»Vengo con la alegría de haber encontrado, al fin, el supremo objetivo con el que, sin sospechar dónde estaría ni cuándo me enfrentaría con él, siempre he soñado.

»Aunque salga derrotado de mi intento, el hecho de haberlo conocido, aunque sea sólo en parte, será para mí una gran experiencia.

»Quisiera concluir esta solicitud rindiendo homenaje a quienes han hecho posible con su trabajo el laberinto de la isla de Tökland. Creo que su idea generadora es ya en sí misma una monumental obra de arte, la aventura de las aventuras, una nueva maravilla en la historia de la humanidad.

»Cornelius Berzhot, *el Aliento del Amanecer*»

Apenas hubo finalizado la transmisión, Mr. Kazatzkian contestó de forma tan enardecida que sus propios colaboradores quedaron sorprendidos:

—¡Aceptado! Con éste no utilicéis los trucos de costumbre, no intentéis amedrentarlo con actitudes inquietantes. Que pase las tres pruebas y nada más. ¡Seguro que las superará! Tal vez este hombre sea mi última esperanza, el que llegue a Tökland y pueda al fin...

Más tarde tuvo lugar en Dondrapur la escena de la lectura de los nombres aceptados, y Berzhot fue conducido al interior de las, a veces, fatídicas oficinas. Junto con el reducido grupo de los inicialmente admitidos aquel día llegó al espacio que estaba detrás de la cortina púrpura.

Allí esperaban aquellos dos hombres de la Compañía, los extraños moradores de aquel local que había sido escenario de un sinfín de eliminaciones. El que casi siempre llevaba la voz cantante —aunque, en realidad, susurraba— dijo dirigiéndose inequívocamente a Cornelius:

—Las pruebas serán individuales y cronometradas. ¿Quién quiere empezar?

—Yo mismo, si nadie tiene inconveniente —contestó, aludiendo a sus compañeros de aventura.

Ninguno de ellos movió un solo músculo. Sin duda, la posibilidad de que alguien hiciese de conejillo de Indias, sometiéndose primero a las temidas pruebas, no les disgustaba lo más mínimo. Mientras el segundo hombre de la Compañía conducía a los silenciosos candidatos a una habitación contigua, el que había anunciado el inicio de las pruebas hizo atravesar a Berzhot una segunda cortina, negra esta vez.

La tétrica austeridad de aquel ambiente parecía haber sido concebida para inspirar temor.

Sin embargo, no surtía efecto alguno en Cornelius. Para él era una simple antesala de lo que en verdad le preocupaba: las ulteriores etapas de aquella aventura que acababa de comenzar.

Dentro del ámbito limitado por el segundo cortinaje, destacaba un rótulo que decía:

PRUEBA DE LOS RELOJES MUDOS

Había allí diversos bultos colocados sin orden ni concierto que le parecieron a Cornelius, bajo la escasa luz reinante, ataúdes puestos de pie. En seguida comprobó lo falso de su primera impresión: las supuestas cajas mortuorias eran, en realidad, relojes. Observándolos de cerca, vio que estaban parados, y que de sus esferas, pálidos rostros sin expresión, habían sido arrancadas las manecillas. Su corazón visible, el péndulo, colgaba inerte marcando una vertical más que sombría. Un compacto y desolador silencio dominaba aquella escena, mientras Cornelius lo observaba todo tratando de no perder detalle y esforzándose por adivinar en qué podía consistir el reto. Cuando ya hubo visto lo poco que había que ver, se volvió hacia el inmutable examinador y, deseando entrar en acción cuanto antes, preguntó:

—¿Qué hay que hacer aquí?

—Conseguir que todos estos relojes señalen exactamente las seis. Para el intento dispone usted de tres minutos. Si lo logra en menos tiempo, los segundos sobrantes le serán acumulados para la prueba siguiente. Procure que así sea, va a necesitarlos.

Dicho esto, se retiró a un lado y se quedó observando a Cornelius. En la mano derecha tenía un cronómetro al que lanzaba frecuentes ojeadas.

En aquel lugar, aparte de los relojes, no había absolutamente nada. Imposible encontrar material alguno que sustituyese a las desaparecidas manecillas. Cornelius registró rápidamente el interior de las cajas, por si allí estaban las manecillas arrancadas. Dentro de los relojes no había nada, ni el menor vestigio de maquinaria: eran cajones totalmente vacíos. Aquellos muebles eran sólo apariencias, fantasmas de reloj.

Intentó desprender los péndulos, pero resultaba imposible. Con las manos desnudas nada podía hacer sino lastimarse. Convertir en astillas alguna de las cajas presentaba serias dificultades y requería un tiempo superior al de la prueba.

—Ha pasado un minuto. ¡Quedan solamente dos! —advirtió el hombre desde su rincón.

Había consumido una tercera parte del tiempo y no encontraba ni el menor atisbo de solución.

—Lo único que he hecho ha sido eliminar posibilidades, algo es algo, pero estoy casi igual que al principio —se decía Berzhot mientras daba vueltas en torno a los relojes como un animal enjaulado.

Las altas cajas de madera se erigían a su alrededor como armarios vacíos no dispuestos a revelar su secreto. Cornelius barajaba mentalmen-

te los datos del problema con la esperanza de descubrir entre ellos alguna relación significativa que le pusiese sobre la pista buscada.

—Relojes, relojes sin manecillas, sin nada dentro, con muebles de madera, barnizados, hay trece relojes antiguos... —aquí se detuvo—: ¡trece relojes!, ¡trece relojes! Claro, con el que sobra...

—Han pasado dos minutos. ¡Queda uno solamente! —dijo el inmóvil juez.

—Creo que aún puedo conseguirlo —murmuró Berzhot mientras se ponía en acción.

Como un torbellino se entregó a la tarea de desplazar los relojes. A algunos los dejó casi donde estaban, pero trasladó la mayor parte a varios metros de distancia de su posición inicial.

Siguiendo una línea curva, los fue colocando de modo equidistante hasta tener formada una circunferencia. Cuanto estuvo completa esta figura, quedaba un solo reloj en el centro sin haber sido movido por Cornelius.

—¡Claro, con el que sobra! —repitió mientras lo tumbaba en el suelo.

En aquel preciso momento, el individuo de la Compañía paró su cronómetro.

—Conseguido: marcan las seis —añadió Berzhot saliendo del círculo.

—Correcto. Ha dado usted con una de las soluciones posibles. Le han sobrado doce segundos. Pasemos a la segunda prueba.

Efectivamente, Cornelius Berzhot había salido airoso del primer envite: los trece relojes indicaban las seis. A lo largo del perímetro de la circunferencia esbozada había colocado doce de ellos, todos mirando al centro, como si fuesen las doce posiciones horarias de la esfera de un reloj gigantesco. El sobrante lo había acostado, haciendo coincidir aproximadamente su mitad con el centro de la circunferencia, simulando dos grandes manecillas, una prolongando a la otra, que señalasen las seis. Había formado un gran reloj utilizando los relojes mudos como números y agujas.

Pero Cornelius no podía cantar victoria. Otras dos pruebas, con nuevas dificultades, aguardaban en los sótanos.

Una angosta escalera metálica de caracol los condujo a una sala subterránea. Al llegar a ella, Cornelius creyó ver un cañón de artillería apuntándole. Casi estuvo a punto de lanzarse cuerpo a tierra, pero la posibilidad de recibir una descarga le pareció en seguida tan inverosímil que el mínimo movimiento muscular que había iniciado quedó cortado en seco.

Era un cilindro de unos cinco metros de longitud y no menos de uno de diámetro, colocado en posición horizontal y, aparentemente, suspendido en el aire. Pero aquel gran tubo no había sido construido para disparar obuses ni metralla. Acercándose, advirtió que estaba unido al eje de un motor que, además de sostenerlo, lo hacía girar lentamente sobre sí mismo. Y, más curioso aún, del extremo del cilindro parecían salir, como salvas de luz, destellos y refulgencias de color.

Siempre bajo la persistente mirada del guardián, Cornelius aproximó su rostro a la boca del falso cañón, cubierta por un cristal transparente.

Quedó admirado ante una prodigiosa sucesión de imágenes que seguían el ritmo del volteo. Entonces no tuvo ya más dudas. Aquel tubo era un caleidoscopio gigante.

Gracias al clásico juego de espejos propio de un ingenio de este tipo, piezas de cristal de todos los colores y formas, moviéndose en el extremo opuesto, se multiplicaban simétricamente formando tan portentosas imágenes que, a su lado, hasta los rosetones y vidrieras de las grandes catedrales habrían visto en desventaja su belleza. El formidable caleidoscopio estaba dotado de luz propia. Se veían con gran nitidez las composiciones que aparecían a cada instante.

Cornelius, sin poder sustraerse del todo al influjo del tubo óptico, estaba alerta, registrando mentalmente todos los detalles de su funcionamiento para ganar tiempo. De un momento a otro, el representante de Kazatzkian pondría en marcha el implacable cronómetro, una vez planteado el enigma a resolver.

—A partir de ahora, la luz del caleidoscopio

irá aumentando lentamente —anunció—. Dentro de tres minutos, o antes, será ya tan cegadora que ningún ojo humano podría resistirla. Mientras pueda usted sostener la mirada, trate de descubrir lo que ocultan las formas movedizas de esta lámpara mágica.

Apenas dicho esto, pulsó un interruptor. En seguida, de forma suave, casi imperceptible, empezó a crecer la intensidad de la luz en el fondo del tubo.

—Durante los primeros cien segundos —calculó Cornelius—, podré mirar con comodidad. Luego, resultará difícil ver algo.

Con la cara pegada al cristal visor, se esforzaba por captar algún mensaje en el torrente circular de figuras. Pero la magnificencia plástica de aquellas visiones no parecía contener signos de los que pudiese extraerse algún significado.

¿Cómo arrancarle su secreto a aquella floración de colores que hacían estallar primaveras y otoños irreales? ¿Cómo llegar a conocer, sin quedar ciego, el misterio de las formas de cristal?

Las paredes internas del cilindro eran negras, opacas por completo. No había en ellas ningún indicio o señal útil. Lo mismo ocurría con la envoltura externa. Por tanto, sólo en las piezas de cristal, origen y materia del fascinante espectáculo, podía estar la clave de la búsqueda.

Cornelius comprendió que, si seguía allí mirando, no llegaría nunca a dar con la respuesta. Las imágenes del tubo se prestaban a un sinfín de interpretaciones; provocaban tantas sugerencias en el observador que era del todo inútil intentar siquiera un recuento aproximado de las mismas. No, ése no podía ser el procedimiento.

—¡Claro! —se dijo Berzhot cuando ya la luz creciente hacía llorar sus ojos—. Ese tipo ha dicho «... lo que ocultan las formas movedizas...». ¡La pista estará en los pedazos de cristal que se mueven, no en las imágenes que de ellos resultan!

Los cambiantes panoramas del ingenio óptico hacían las veces de pistas falsas. Desorientaban a los candidatos con su hipnótico carrusel incitándoles a caer en la trampa. Los que no reaccionaban a tiempo malgastaban los segundos de la prueba tratando de concretar lo indefinible.

Como una exhalación, Cornelius corrió hacia el extremo opuesto del caleidoscopio. Sin demasiada sorpresa, comprobó que el cristal posterior podía desprenderse fácilmente. La progresión de la fuerza lumínica lo había recalentado extraordinariamente, hasta el punto de que casi no podía tocarse sin que las manos sufriesen quemaduras.

Al retirar la placa del fondo, comprendió que había dado con la estrategia adecuada. Un pequeño pergamino cayó a sus pies. Agachándose, vio que tenía escrita la pregunta:

¿CUÁL ES LA MISIÓN DEL EXPLORADOR DE TÖKLAND?

Ahora, por lo menos, ya sabía a qué atenerse, a qué responder.

Sacó rápidamente todos los fragmentos de

cristal y los esparció por el suelo. El cilindro seguía girando y haciéndose más cegador, pero su alma había sido vaciada, era como un campo yermo en el que ya no brotaban las imágenes. Al ver de cerca y sin movimiento aquellas piezas, Berzhot se dio cuenta de que no tenían formas geométricas caprichosas. Obedecían a una lógica precisa: eran fragmentos de letras. Con cuatro unidades podía formarse una letra, vocal o consonante, claramente perfilada.

—Han pasado dos minutos. ¡Le queda solamente uno y doce segundos! —advirtió el examinador desde un ángulo oscuro de la sala.

Las manos de Cornelius se movían con inusitada rapidez tratando de recomponer el dificilísimo rompecabezas. Pronto, haciendo pruebas sobre la marcha, descubrió las claves de emparejamiento: las letras se formaban con piezas de un mismo color y ningún fragmento encajaba más que en su figura alfabética correspondiente.

En seguida concluyó la primera etapa: construir las letras una a una. Sólo faltaba agruparlas en palabras y formar con ellas la frase-respuesta. Poniendo en juego toda la agilidad mental de que fue capaz, intuyendo y adivinando, sin dar descanso a las manos, obtuvo las siguientes palabras de cristal: EXTRAORDINARIO, PONGA, HACER, SECRETO, DESCUBIERTO, ENIGMAS y QUE.

Pero todavía quedaban trozos por agrupar. El final del tiempo de la prueba se acercaba velozmente. Manipulando los restos como un prestidigitador frenético, Berzhot pudo componer, tras varias tentativas fallidas, las restantes unidades de la frase final: AL, SU, MÁS, EL, LOS y DE.

Así, por fin, tres segundos antes de que el plazo expirase, la pregunta «¿Cuál es la misión del explorador de Tökland?» halló la exigida respuesta:

HACER QUE EL MÁS EXTRAORDINARIO

DE LOS ENIGMAS

PONGA AL DESCUBIERTO SU SECRETO

Cornelius había logrado formar sesenta y seis letras con los doscientos sesenta y cuatro cristales extraídos del caleidoscopio. De las letras salieron las palabras, y de su ordenación, la frase entera. Apenas ésta apareció en el suelo, Berzhot se tendió en el mismo para tomarse unos segundos de descanso. ¡El esfuerzo había sido enorme!

El impávido juez, después de comprobar que la solución era la correcta, indicó a Cornelius Berzhot que tenía que enfrentarse sin demora a la tercera prueba. Para hacerlo, descendieron de nuevo por una escalera de caracol. Parecía flotar en el ambiente la amenaza de que las dificultades del último enigma serían insalvables para que Tökland quedase como un perpetuo desafío, inaccesible en la lejanía del océano.

Desembocaron en un sótano. Allí, en el centro, iluminada por finísimos rayos de luz, una gigantesca bola de cristal, compacta, perfectamente esférica, sin la menor burbuja o impureza, inmóvil y desafiante como un perdido planeta translúcido, aguardaba al más animoso de los concursantes.

Estaba colocada sobre un pedestal de mármol negro en aquella sala de paredes oscuras. Era como la clásica bola de los adivinos, sólo que muchísimo mayor, de más de un metro de diámetro. En el sótano, a oscuras, la esfera de cristal macizo brillaba esplendorosa gracias a unos focos que proyectaban sobre ella intensas líneas de luz.

Sin preámbulo alguno, el adusto supervisor de las pruebas murmuró:

—¿Cuál es el mensaje de la bola? Para hallarlo dispone de tres minutos, más los tres segundos sobrantes de la prueba anterior.

Acto seguido, sin pestañear, hermético y solemne, puso su cronómetro en funcionamiento.

Cornelius se aproximó al globo y lo tocó con cuidado. Ofrecía la misma dureza que un bloque de plomo. Pesaba muchísimo, era casi imposible moverlo y, sospechó Berzhot, tampoco habría servido de nada hacerlo. Los enigmas que planteaba Kazatzkian no apelaban a la fuerza física del participante, tenían otro estilo, otro tipo de intención. La bola era nítidamente translúcida, en su interior sólo se veía vidrio bañado en luz. Debido a su gran tamaño, era tan sugestiva como el más extraordinario de los diamantes. Su perfecta redondez parecía un enigma impenetrable que no iba a revelar secreto alguno aunque se dedicasen siglos a su contemplación.

—¿Cuál es el mensaje de la bola? ¿Cuál es el mensaje de la bola? —Perdido y sin pistas, Cornelius acabó por encontrar absurda la pregunta a fuerza de repetírsela—. Pero ¡si esta esfera, por definición, es la ausencia absoluta de mensaje!

Estaba peligrosamente cerca del vacío mental. La bola, por su carácter neutro e inexpresivo, podía prestarse a muchas interpretaciones, podía dejarse atribuir cientos de frases ingeniosas, montones de trabalenguas, docenas de juegos de palabras, todos igualmente alejados de la oculta solución. Y éste era, una vez más, el gran peligro: perderse en especulaciones caprichosas y agotar el tiempo en vano.

Berzhot no podía entregarse a imprecisas divagaciones de adivino. De nada le serviría imaginar cosas en el interior de una bola que nada mostraba. La respuesta estaba allí, exacta como un teorema, invisible como el pensamiento, mirándolo burlona sin dejarse ver.

—¡Ha pasado ya un minuto! —avisó despiadadamente desde las sombras el servidor de Kazatzkian.

«El mensaje de la esfera... ¡puede estar fuera de ella!», pensó súbitamente Cornelius.

Cogió al vuelo esa idea que le había pasado por la cabeza. Ningún otro camino le parecía accesible. Sin embargo, cuando se propuso buscar, comprendió que todo seguía como al principio. No había avanzado ni un paso y el tiempo concedido se estaba evaporando entre sus manos. La contemplación de la bola iluminada lo había deslumbrado. El leve resplandor que la esfera derramaba en el entorno era casi invisible para

Cornelius. Cerró un momento los ojos para amortiguar su ceguera transitoria. Pasados unos instantes, que eran más preciosos cada vez, miró de nuevo. Ahora podía distinguir la escena con algo más de precisión.

Volvió a comprobar lo que ya advirtiera al llegar a aquel sótano: en la desolada estancia no había nada, nada más que la bola, solitaria e imponente, su inamovible pedestal y los inexpresivos reflectores. Desesperadamente los registró, a pesar de que estaban ardiendo. Ningún resultado. Sabiendo que estaba a un paso de perder la posibilidad de ir a Tökland, tanteó el pedestal en busca de algún hueco, resorte o doble fondo, y de nuevo fracasó. La base que sustentaba la bola no tenía fisuras ni rendijas, su negro material excluía toda señal o raspadura que de algún modo se pudiese leer. Su masa era sólida como la roca. Nada que hacer.

—¡Dos minutos ya! —rugió, casi con satisfacción, el impávido examinador que guardaba celosamente el secreto de la prueba.

Las paredes y el techo estaban forrados con ásperas telas negras, lo que aún confería mayor mudez y misterio a la penumbra circundante. El suelo era de cemento muy bien aplanado, no había en él inscripción, marca ni señal alguna. Cornelius lo pateó: era perfectamente firme. Todo allí era mudo, neutro, inexpresivo. ¿De dónde sacar entonces las claves del secreto de la bola? ¿De dónde?

Volvió a mirarla. Ni el menor indicio que pudiese abrirle paso a la respuesta. En aquel momento se convenció más que nunca de que tenía que buscar fuera de ella. Pero ¿dónde?, ¿dónde?, se preguntaba una y cien veces.

—Se le está acabando el tiempo. El plazo es improrrogable, ¡recuerde!

Al ser zaherido por aquella advertencia, Cornelius reaccionó. Se sabía con el agua al cuello. Un minuto más y todas sus esperanzas quedarían decapitadas; ¡todo un plan minuciosamente trazado habría naufragado al comienzo de su puesta en práctica!

Con nuevos bríos, se puso a tantear las paredes a gran velocidad. Se movía tan de prisa que sus brazos parecían las hélices de un helicóptero hundiéndose en un pantano de arenas movedizas.

Pensaba que los muros podían ser falsos, que las telas ocultaban alguna puerta o trampilla. Pero debajo de los lienzos negros una superficie lisa y dura, invariablemente uniforme, le oponía resistencia. No encontró resorte ni cavidad alguna.

Sólo le quedaba una alternativa, acaso insensata. Dudó durante una décima de segundo sabiendo que aquélla era, sin lugar a dudas, su última carta. Después, dio un brusco tirón a la tela negra: se proponía arrancarla. Si en aquel momento le hubiesen preguntado qué buscaba, no habría sabido responder. Como mucho, esperaba encontrar una señal, un indicio, algo grabado en el muro.

Ante su estupor, todo el lienzo que cubría una de las paredes se desprendió con gran facilidad. Inmediatamente, con un atisbo de pánico, Cornelius retrocedió un paso. Ante él se alzaba un ser increíblemente deforme y monstruoso que también dio un salto atrás cuando él lo hizo.

Entonces, por primera vez desde su llegada a aquel sótano, pensó que estaba cerca de la solución. Con extrema rapidez arrancó los lienzos que forraban las tres restantes paredes; uno de ellos, al caer, arrastró al que cubría el techo. Los seres deformes se multiplicaron hasta un punto en que era imposible contarlos. Pero eso ya no inquietaba a Cornelius Berzhot: ¡había averiguado la respuesta!

—El mensaje de la bola es: BIENVENIDO A TÖKLAND —proclamó con absoluta convicción, cuando sólo le quedaba medio segundo del tiempo asignado.

—Embarcará usted esta misma noche —dijo, aprobando, el hombre de la Compañía.

Los lienzos negros ocultaban un sistema de espejos deformantes que cubrían enteramente las cuatro paredes y el techo. Estaban combinados con tal maestría que la imagen de la bola, pasando de unos a otros y multiplicándose en sucesivas reflexiones deformadas, llegaba a formar en uno de ellos, de forma legible, BIENVENIDO A TÖKLAND, como si fuese un extraño rótulo de cristal flotando en un lago de vítreas ondulaciones.

Tres estados de ánimo se apoderaron de Cornelius: la euforia por haber superado las tres pruebas, una profunda fatiga mental derivada del gran esfuerzo realizado y, por encima de todo, una gran admiración hacia el autor de los tres enigmas. Si el laberinto de Tökland contenía dilemas todavía más difíciles y magistrales que los tres que acababa de resolver, y más que el de los siete músicos, en la isla le aguardaba la experiencia más apasionante de su vida.

Por otra escalera subieron directamente al vestíbulo. La escena vivida por Maris se repitió: Cornelius fue a parar a la calle a través del armario sin fondo. La cita fue también a las nueve de la noche en el muelle Este-3. Berzhot disponía de unas pocas horas para completar su equipaje y proceder a la lectura y firma del contrato que le habían puesto en la mano.

LA TRAVESÍA
DE LOS CONJURADOS

En el puerto de Dondrapur, no demasiado lejos del lugar donde solía estar atracada la motonave de la Compañía, un desportillado yate pasado de moda, el *Dedalus*, aguardaba con las luces apagadas. No estaba vacío, sin embargo. Acercándose y mirando con atención, se habrían podido distinguir a bordo varias siluetas humanas que, según todas las apariencias, se consumían en una tensa espera.

Cuando, cumpliendo el ritual que ya conocemos, Cornelius Berzhot llegó al muelle Este-3 de Dondrapur e hizo entrega de su «Contrato de exploración», debidamente firmado, a los dos tripulantes que habían de conducirlo a Tökland, dirigió una significativa mirada a las tinieblas portuarias que envolvían al *Dedalus*.

En la emboscada nave se produjeron algunos movimientos sigilosos y, durante un brevísimo instante, se encendió una luz a bordo, como avisando de algo, para apagarse a continuación. A Cornelius no le pasó inadvertida la señal, aunque no demostró haberla visto. Continuó caminando detrás de sus acompañantes que, sin duda, nada habían advertido.

Al poco rato, pudo verse la motonave de la

Compañía abandonando las aguas del puerto. Unos minutos después, el *Dedalus*, todavía con sus luces apagadas, se deslizó furtivamente por las aguas oleaginosas y oscuras.

Sin embargo, al llegar a mar abierto, el achacoso yate abandonó aparentemente la persecución y tomó un rumbo ligeramente distinto del que seguían los hombres de Kazatzkian. Pero para cualquier buen conocedor de aquellas latitudes no habría quedado duda alguna de que, por senderos marítimos divergentes, ambas naves ponían proa a Tökland, el espectral islote del océano Índico.

Berzhot viajaba solo. No podía decirse que aquellos dos individuos hoscos y silenciosos constituyesen una verdadera compañía. Nada preguntó. Sabía perfectamente lo que aquello significaba: los aspirantes que atravesaron con él la cortina púrpura habían ido cayendo uno tras otro en las trampas de las tres pruebas de admisión, siendo fulminantemente eliminados por los rígidos controladores. Su sentido de la solidaridad le hizo lamentarlo, pero, en cierto modo, esa circunstancia favorecía la puesta en práctica de la ambiciosa operación que debía ejecutar con la complicidad de los ocupantes del *Dedalus*.

Mientras Cornelius, conocedor del gran esfuerzo que le exigiría el laberinto, se dejaba arrullar por el manso cabeceo de la nave, en Tökland, totalmente insomne y con la mirada extraviada en la negrura oceánica, Anastase Kazatzkian, el indescriptible creador de laberintos, esperaba la llegada de quien venía a derribar los muros que protegían su secreto.

La travesía nocturna transcurría sin que nada hiciese presagiar el drama que iba a sacudir al nebuloso islote. Cornelius, flotando en el sopor marino, en ese estado de duermevela relajada que ni es sueño ni es vigilia, recordaba algunas de las escenas decisivas que se habían producido durante el espacio vacío que aún subsiste en medio de lo hasta aquí narrado: la tregua de los veintidós días, los hechos acaecidos fuera de los dos escenarios principales de esta historia, Dondrapur y Tökland, inmediatamente después de que el periodista Nathaniel Maris se declarase perdedor en su primer asalto al laberinto.

Acompañando a Cornelius en sus rememoraciones, conoceremos los restantes hilos conductores de su aventura.

Estamos en el gabinete de Cornelius Berzhot, en París. Acaba de recibir un telegrama y está leyéndolo:

TÖKLAND VISTO - IMPOSIBLE ASEGURAR NADA, PERO GRAVES SOSPECHAS - CREO NECESARIA TU INTERVENCIÓN - EXPONDRÉ PLAN PERSONALMENTE - LLEGO MAÑANA - ABRAZOS -

Nathaniel Maris

Cornelius se muestra sorprendido por el mensaje, pero inmediatamente entra en acción. Se dirige hacia el teléfono y efectúa varias llamadas. Prácticamente en todas ellas dice lo mismo a sus interlocutores.

—Situación de posible urgencia provocada por el asunto Tökland. Procura liquidar todos tus compromisos en pocos días. Tenemos que estar preparados por si es necesario partir. Maris estará mañana aquí y podrá explicárnoslo todo.

Al día siguiente, en el mismo escenario, Berzhot y otras personas escuchan al recién llegado Nathaniel Maris. Naturalmente, el tema de su exposición es el viaje a Dondrapur y Tökland. Está ya concluyendo:

—... Abandoné porque sabía que, tarde o temprano, acabaría por encontrarme con dificultades que me impedirían continuar y, mientras, un tiempo quizá precioso se habría perdido. Por otra parte, ya había visto lo bastante como para aventurar ciertas suposiciones. Bueno, eso es todo. ¿Qué os parece?

En la escena están presentes Berzhot y Maris. No estaba pues en lo cierto quien hubiese pensado, al aparecer Cornelius en esta historia, que se trataba del periodista caracterizado bajo una nueva personalidad. No, Berzhot es un personaje real, lo mismo que Maris, sólo que no tan conocido del gran público. Y, además, todo lo que escribió acerca de su vida y de sus antepasados en la solicitud de admisión es más o menos cierto. Por lo menos, él así lo cree: se considera de verdad el heredero de un fabuloso linaje de aventureros.

—Hay gato encerrado. Seguro —dijo Cornelius—. Kazatzkian miente o, por lo menos, no dice toda la verdad. No dudo que para él la realización del laberinto habrá sido una empresa apasionante. Pero si se ha lanzado a ella, si ha querido aislarse en un lugar tan lejano e inhóspito, será por otras razones, seguramente muy poderosas.

—Él diría, quizá, que se ha instalado en Tökland para aprovechar como escenario de su proyecto el laberinto natural del subsuelo —argumentó Maris.

—Sí, eso diría, es probable. Pero resulta muy poco verosímil. Podía haber encontrado muchos otros posibles escenarios para su idea, incluso en Europa, en lugares mucho más accesibles para la gran afluencia de visitantes que él dice esperar después del concurso —dijo Cornelius—. Estoy seguro de que hay algo en Tökland, algo cuya naturaleza no acierto a imaginar, que ha desencadenado los obsesivos proyectos de Mr. Kazatzkian.

—También yo lo creo —confirmó Nathaniel—. Sólo una cosa parece clara: él espera por encima de todo encontrar a una persona, una sola, que sea capaz de atravesar el laberinto con éxito. Esto es vital y urgente para Kazatzkian. A través de sus constantes cambios de expresión, siempre se traslucía el temor a que la llegada de ese afortunado concursante se produzca demasiado tarde. Se diría que su ansiedad está motivada por un plazo fatal que puede expirar de un momento a otro.

Después de estas palabras, un silencio espeso y reflexivo se adueñó de la reunión. No fue roto hasta que alguien preguntó:

—¿Se ha recibido ya el informe confidencial?

—Sí, aquí está —repuso Cornelius—. Aunque no añade nada a lo que ya sabíamos, voy a leéroslo de todos modos:

«KAZATZKIAN, ANASTASE GEORGE. Último vástago de una importantísima dinastía de marchantes de arte y antigüedades. Británico de origen turco. Heredero único de una inmensa fortuna y poseedor de una de las mayores colecciones privadas de antigüedades del mundo. Soltero y sin parientes próximos, tiene en la actualidad setenta y dos años. Desde hace seis, no dirige personalmente sus negocios en Inglaterra, habiendo delegado en colaboradores de confianza. Persona siempre enemiga de la notoriedad y amante de refugiarse en el anonimato, era hasta ahora muy poco conocido fuera de los círculos especializados. Después de abandonar las actividades estrictamente profesionales, efectuó constantes y prolongados viajes por diversas partes del mundo. Entre su colección de antigüedades es de destacar un verdadero teso-

ro en libros y manuscritos, objetos de arte, autómatas, muebles y juguetes antiguos.

»Quienes le han tratado saben de su gran afición por los enigmas, jeroglíficos, mensajes ci-
frados, adivinanzas complejas, charadas, problemas de lógica, paradojas con clave oculta,
etc., aunque, hasta hace poco, dichas actividades no eran consideradas más que como uno de
sus pasatiempos favoritos. En la actualidad parece estar empeñado en la creación de un la-
berinto-enigma con intenciones desconocidas,
habiendo creado a tal fin una Compañía de características insólitas.

»Su situación financiera actual está muy próxima a la catástrofe debido a los gastos desme-
surados que le ha ocasionado la realización del
laberinto. Hasta el momento, ha liquidado una
gran parte del tesoro artístico que sus antepasados le legaron al verse acuciado por sus apre-
miantes necesidades de efectivo. Parece totalmente imposible que esté en condiciones de
hacer frente al pago de cinco millones de dóla-

res, cantidad que ha ofrecido como premio en un concurso internacional convocado por la nueva y extraña Compañía que dirige, dado que se niega a vender las últimas piezas de su colección. A pesar de sus muchos intentos, le está resultando imposible obtener nuevos créditos, ya que el carácter extravagante e incomprensible de sus actuales actividades sólo despierta escepticismo en las entidades bancarias a las que trata de convencer. Desde la puesta en marcha del referido concurso, ha suspendido todas esas gestiones y vive aislado en el arrendado islote de Tökland controlando personalmente la llegada de concursantes.

»Según versiones ofrecidas por quienes allí han estado, su estado general de salud parece haber quedado muy mermado y, en especial, su situación mental es de permanente zozobra.

»Según todos los pronósticos, su aventura acabará en la más completa y humillante de las bancarrotas. Desde los círculos del gran capital europeo se considera que ha dilapidado en pocos años su gran fortuna, dominado por absurdos planes y desvaríos. Sólo una pequeña parte de la opinión mundial, polarizada en torno a la revista *Imagination*, cree que en sus propósitos puede haber algún elemento de verdadera genialidad o trascendental importancia.

»Agencia de Informaciones Confidenciales

EL OJO MONETARIO, S. A.»

—Bien —dijo Maris—, ¿estás dispuesto a trazar un plan? ¿Crees que vale la pena intentarlo?

—Sí. Aquí estamos todos decididos a intervenir.

Los demás asistentes a la reunión hicieron gestos de asentimiento.

—Es preciso ver a quién más incorporamos al equipo. Se trata de un asunto tan misterioso que seguramente necesitaremos a otros especialistas —continuó Berzhot.

—Hay que lograr que los preparativos no nos entretengan mucho. A lo sumo, dentro de tres semanas tienes que embarcar hacia Tökland, si antes no hay otros acontecimientos —añadió Maris.

—Sí, creo que lo conseguiremos. De todos modos, antes de dar por hecho mi embarque —bromeó Cornelius—, tendré que pasar las pruebas de admisión... a no ser que me libren, como a ti.

—Todavía no sé por qué lo hicieron —admitió Maris—. Creo que Kazatzkian quiso utilizarme para algo, pero no sé qué puede ser.

En este punto, las rememoraciones de Cornelius, por fin embarcado rumbo al mítico islote, cedieron paso al sueño y quedaron interrumpidas. Nosotros, fieles al transcurso de los hechos, no insistiremos tampoco. Dejemos que los propios acontecimientos, en su inexorable gestación, nos vayan revelando en qué consistía la estrategia que planearon Berzhot, Maris y los demás conjurados para alcanzar un objetivo acaso imposible: desentrañar el secreto de Tökland y explorar la magnificencia de su sepultado laberinto.

TERCERA PARTE

CORNELIUS BERZHOT FRENTE A ANASTASE KAZATZKIAN

La llegada de Cornelius a Tökland marcaba el verdadero inicio del plan urdido en el gabinete de París. Simultáneamente, el *Dedalus* bordeaba la isla a prudente distancia, yendo a situarse en la zona opuesta al fondeadero que utilizaban los individuos de la Compañía.

A diferencia de lo que sería presumible, Cornelius no pensaba en su entrada en el laberinto mientras era conducido en un todoterreno hacia el centro del islote. Su atención se concentraba en la difícil entrevista que esperaba mantener con el desconcertante creador de enigmas. En ella intentaría aplicar parte de la estrategia preconcebida.

Llegaron a la explanada de los barracones.

Berzhot observó contrariado que el vehículo se detenía ante la puerta del «Control de salida de exploradores».

—Ahora se revisará su equipaje y se le entregarán diversos objetos y su primera dosis alimenticia —dijo imperativamente el chófer, mirando hacia otra parte—. Después, le llevaré a la entrada del laberinto. ¡Dese prisa!

—Antes quiero hablar con el director de la Compañía —opuso Cornelius con firmeza, sin apearse del todoterreno y cruzándose de brazos para reforzar el efecto de sus palabras.

—Nuestro presidente se encuentra indispuesto —replicó secamente el sujeto—. Además, no tiene usted ningún derecho a pedir eso; el contrato no nos obliga.

—Lo que tengo que comunicar a su jefe es de vital importancia para el desarrollo del concurso.

Berzhot había dado con el tono adecuado para impresionar a su interlocutor, quien, al no tener prevista aquella reacción, no supo qué decir. Para acabar de desequilibrar la balanza a su favor, Cornelius apostilló:

—Es totalmente imprescindible que vea a Mr. Kazatzkian. Si no se accede a mi petición, me niego a entrar en el laberinto. O sea que decídase de una vez.

El funcionario, desconcertado por la arrogancia de aquel recién llegado, trataba en vano de encontrar una respuesta que le bajara los humos.

Cornelius, sin esperar el resultado de sus trabajosas cavilaciones, saltó del coche y se dirigió rápidamente hacia el barracón de Kazatzkian. Gracias a las descripciones de Maris, pudo localizarlo en seguida. El chófer corrió tras él y llegó a alcanzarlo justo cuando se disponía a franquear la puerta del presidente.

—Espere un momento —dijo en un tono mucho más humilde, y entró en el austero barracón.

Mientras aguardaba, Cornelius advirtió que otros empleados de la Compañía, asomados a las ventanas de las casetas contiguas, sumando en total unas seis o siete personas, estaban observándolo. Sin duda habían presenciado su escena con el chófer. Viéndolos experimentó una desagradable sensación. En aquellos rostros demacrados podía leerse la inquietud. Se le antojaron presos de una colonia penitenciaria que contemplaban con estupor a alguien que había osado desafiar al poder que los tenía sojuzgados. Pero, al mismo tiempo, presintió que aquellos hombres constituían una amenaza para él, como si fuesen una cofradía de fanáticos dispuestos a ejecutar cualquier orden, por disparatada que fuese.

Del observador permanente del gobierno de Dondrapur no había rastro por parte alguna. En ningún momento dio señales de vida. Tampoco pudo adivinar si ocupaba un barracón del campamento. No había indicios que permitiesen suponerlo.

«¿Por qué no comparece cuando llega un concursante? Es lo menos que podría hacer.

No deja de ser extraña su ausencia», pensaba Berzhot.

Del interior del gabinete de Kazatzkian salían apagados susurros y ruidos precipitados. Mientras trataba de deducir lo que allí estaba ocurriendo, Cornelius advirtió que su mochila había desaparecido del asiento posterior del todoterreno. Cuando se disponía a averiguar el porqué, la puerta del gabinete se abrió lentamente.

—El presidente le concede un minuto... improrrogable —dijo el chófer con descarada hostilidad—. ¡Pase y diga de una vez lo que tenga que decir!

—Es preciso que hable con él a solas —añadió Cornelius apartando al individuo, colándose en el barracón y cerrando la puerta tras de sí.

Las mesas descritas por Nathaniel Maris seguían allí. Pero no había nada encima. Los planos, mapas y antiguos libros y manuscritos no estaban a la vista. Berzhot sospechó que habían sido retirados a toda prisa. Podían estar ocultos en unos cajones de madera que se amontonaban en un rincón.

Kazatzkian estaba sentado en una silla rudimentaria. A juzgar por su semblante, más que indispuesto, parecía estar abatido por una gran desolación. Sin embargo, disimulando todo posible desánimo, su voz quiso ser amable y tranquila cuando vagamente le habló.

—Espero que sabrá disculpar los malos modales de mis hombres, pero la organización del concurso está resultando muy complicada y tenemos que mantener ciertas normas. Por otra parte, hoy no me encuentro muy bien; no acabo de acostumbrarme a este clima.

Esto último sonó a pretexto. Sin esfuerzo podía adivinarse que Kazatzkian se fingía enfermo. Y si lo estaba realmente, la causa de sus dolencias era algo mucho más grave que la inadaptación al ambiente. Cornelius habría preferido encontrar a su interlocutor en otro estado. Aquel decaimiento físico no convenía a sus planes. Sin embargo, no teniendo otra opción, empezó a lanzar el anzuelo sin más preámbulos.

—No debería usted pensar que soy un concursante como los demás, Mr. Kazatzkian —dijo, simulando estar muy seguro de sí mismo.

—Sí, claro, todos creen que van a ganar. Pero esa victoria exige cualidades casi sobrehumanas, no lo olvide en ningún momento si quiere llegar más lejos que los otros. Hasta ahora, treinta y cuatro exploradores han estado en el laberinto: todos fracasaron. Antes o después, se dieron por vencidos. ¿Qué pensaban? ¿Tan fácil creían que iba a resultarles hacerse con la recompensa? Pues es la cosa más difícil que hay en este mundo. Pero es preciso, es urgentemente necesario que alguien sea capaz de la hazaña. De lo contrario, todo mi esfuerzo no habrá servido para nada.

Entonces, por primera vez, Anastase Kazatzkian miró a Cornelius Berzhot. Parecía un dios lanzando un rayo de fuerza inspiradora a su profeta predilecto y, a la vez, una fragata a la deriva que viese en Cornelius un arrecife insalvable.

—Su biografía es muy interesante, extraordinaria de verdad —prosiguió Kazatzkian—. De todos los aspirantes que hasta aquí han llegado, usted me parece el más capacitado para el éxito. Tal vez está en lo cierto al considerarse distinto a los demás.

—Cuando he dicho que no era un concursante como los otros, no me refería a esto —interrumpió Berzhot—. No he venido en busca del éxito, no me interesa la recompensa; a decir verdad, no creo en ella. En cuanto al laberinto, en otro momento lo veré con gusto, pero no ahora: hay algo más, algo que creo conocer casi tanto como usted y que justifica mi presencia en Tökland. De modo que será mejor que no perdamos más tiempo.

Mientras escuchaba las osadas palabras de Cornelius, Kazatzkian se había puesto paulatinamente rígido. Sin duda no esperaba aquello. Trató de levantarse de la silla sin conseguirlo:

parecía en aquel momento una venerable y antigua fiera de la selva virgen atrapada en las redes de un cazador que hubiese acudido hasta lo más recóndito de su morada para desafiarla. Al pronunciar las frases siguientes, su rostro parecía un témpano de hielo que, al disolverse, estuviera perdiendo sus facciones hasta quedar lívido y liso.

—No le interesa el éxito, no cree en la recompensa, no siente deseos de conocer ahora el laberinto... ¿A qué ha venido entonces?

—He venido porque conozco las razones que le han impulsado a montar aquí su museo de enigmas —dijo Cornelius mintiendo como un bellaco—. ¿No le parece motivo suficiente?

El soberano de Tökland se debatía entre la incredulidad y el terror. Las sospechas de los conjurados parecían confirmarse. La sola idea de que alguien pudiese conocer aquellas razones a las que Berzhot había aludido introdujo en su ánimo un visible desasosiego. Luego, al parecer, dichas razones existían.

Cuando Cornelius estaba casi convencido de que Anastase Kazatzkian iba a delatarse de un momento a otro, un nuevo cambio de expresión devolvió la calma a su atormentado rostro.

—No existe más razón que la que desde el principio del concurso he venido anunciando. El laberinto es una genial obra artística, el supremo monumento del arte de los enigmas. Su bautismo exige la presencia de un visitante excepcional que sepa entenderlo e interpretarlo íntegramente, alguien que pueda remontarse hasta el alto nivel que mi creación ha alcanzado. Si esto no ocurre, la humanidad habrá fracasado, me habré anticipado excesivamente a mi época... Pero yo quiero saborear en vida las mieles de mi triunfo. Necesito encontrar a ese espectador excepcional que confirme el sentido de mi obra.

Al hacer aquel parlamento, Kazatzkian había recuperado el fulgor de sus mejores momentos. Cornelius, volviendo a la carga, se aventuró de nuevo.

—Esto sólo explica en parte el origen de la Compañía. Insisto en que su secreto no me es desconocido. Comprendo muy bien que usted lo ocultara a los demás. Pero conmigo no es necesario que simule: estamos condenados a aliarnos, antes de que sea demasiado tarde.

El presidente, con la firmeza de quien decide aplicar una táctica aceptando de antemano los riesgos que conlleva, remató:

—Mi único secreto es el laberinto, el más grande conglomerado de misterios de la Historia. ¿No le parece eso bastante? Sólo podrá afirmar que conoce mi secreto quien consiga atravesarlo. Todavía está por ver si usted será capaz de dar con la salida. Basta ya de inútil discurseo. Dispóngase a iniciar el recorrido. Las mil trampas que le aguardan no admiten ninguna otra demora. A partir de este momento, cada minuto cuenta. El mar está al acecho, redobla su oleaje, desde aquí lo siento. Si llegamos tarde nada de esto sobrevivirá y el gran sueño dejará de ser soñado por siempre jamás.

Con estas últimas frases, Kazatzkian entró en una nueva fase de aparente desvarío. En su cara parecían concentrarse las muecas de horror de todos los ahogados. Fue murmurando frases deshilvanadas e incomprensibles hasta quedar dormido.

—... el imperio del mundo subterráneo es la única certeza del futuro...; oscuridad y murciélagos, murciélagos y oscuridad, y allí, en lo más profundo de las sombras, el fin...; cuando todo despierte de nuevo, ¿será púrpura el cielo y negras las aguas del océano?...; es tarde, muy tarde, la vida abandona lentamente el mundo y queda sólo espacio, espacio, espacio...

Cornelius comprendió que no tenía objeto continuar allí. Quedarse a esperar por si el alucinado anciano, hablando en sueños, revelaba las ocultas razones de su proyecto, era un lujo que no podía permitirse. Con seguridad, sólo alcanzaría a escuchar cosas mezcladas e incoherentes que no harían más que acabar por confundir sus propias ideas. Por otra parte, los hombres de la

Compañía estaban, sin duda, al acecho y podían entrar de un momento a otro. No sabía cómo reaccionarían si se daban cuenta de que él intentaba sorprender a traición los secretos de su abrumado jefe. Sólo quedaba un camino: ir hacia el laberinto y tratar de descubrir allí la clave de todo el misterio.

En el «Control de salida de exploradores» encontró su mochila. Mientras el encargado del almacén ultimaba los preparativos, Berzhot resumía mentalmente sus conclusiones.

«Kazatzkian ha tenido momentos de duda, luego su *secreto existe*. Él no podía saber si yo estaba mintiendo, aunque lo suponía. Ha reaccionado con inteligencia enviándome al laberinto. En cuanto yo esté dentro, él tendrá medios para observarme y averiguar por mis movimientos si conozco lo que digo conocer o tengo tan sólo una sospecha. De hecho, estoy totalmente en sus manos, pero, al mismo tiempo, él está en las mías: hay algo que ni Kazatzkian ni sus hombres pueden hacer y que esperan que yo consiga. ¿Qué demonios puede ser eso? Creo que ahí está la clave del asunto.»

Las formalidades y registros acabaron en un santiamén. Sólo le retuvieron unos potentes prismáticos Zeiss. Le devolvieron los restantes objetos y añadieron la linterna y los demás cachivaches. A continuación, fue conducido a la entrada del gran laberinto. Y así, sin solemnidad alguna, discretamente, tal como le ocurriera a Nathaniel Maris, Cornelius inició su incursión por las grutas y pasadizos de las entrañas de Tökland.

Allá en lo profundo, en el oscuro corazón del subsuelo, un secreto ancestral, más fascinante que cualquiera de los que habían conocido sus antepasados, esperaba la llegada del arriesgado viajero Cornelius Berzhot, concursante número treinta y cinco.

DESCENSO HACIA LOS ENIGMAS DEL MUNDO SUBTERRÁNEO

Berzhot llegó en seguida a la primera bifurcación de túneles y a la gruta de los músicos autómatas. No perdió ni un instante con esos dos primeros dilemas. Conocía la solución a ambos.

Cuando se encontraba ya cerca del lugar en que Maris había tomado la decisión de abandonar, empezaron a castañetearle los dientes. ¿Le había invadido un pánico prematuro? ¿Tiritaba de frío? No. Su dentadura entrechocaba mitad y mitad o diente a diente siguiendo su precisa voluntad y según un código prefijado con detalle. Destino de este concierto bucal: el *Dedalus*.

Cornelius había entrado solo en el laberinto.

Pero su desconexión del mundo exterior no era tan completa como podía suponerse. Mediante un ingeniosísimo sistema de señales, irreconocible variante del morse, y un minúsculo transmisor de impulsos alojado en una muela rota años atrás, podía comunicarse con el yate de sus amigos a golpes de diente. La frecuencia empleada por el diminuto ingenio electrónico estaba tan lejos de las gamas usuales que los aparatos de la Compañía difícilmente podrían captar las secretas transmisiones.

De este modo, sin que ningún indicio externo lo delatara, Berzhot comunicaba a los tripulantes del *Dedalus* el resultado de su conversación con Kazatzkian y el avance que había efectuado en el laberinto hasta aquel momento. A través de vibraciones en la muela hueca, la respuesta de los improvisados marineros no se hizo esperar.

«Recibido. Nos encontramos en zona prevista. Todo dispuesto según plan. Esperamos señales. Suerte. Fin conexión.»

Mientras, linterna en mano, Cornelius había continuado andando. A lo lejos, una sugestiva fosforescencia era indicio de que pronto nuevos dilemas iban a presentársele. El túnel se estaba ensanchando para convertirse en una amplísima galería. Antes de desembocar en ella, un rótulo le salió al paso:

Para continuar la exploración
es indispensable pasar por él

En efecto, un terrible precipicio interrumpía el itinerario. Mirando por encima del abismo, Berzhot vio al otro lado un bosque prodigioso: todos sus árboles eran fosforescentes y distintos. Sin embargo, la visión del bosque que irradiaba luz propia no sorprendió a Cornelius: aquélla era la última imagen que Maris había visto antes de rendirse, la que le llevó a la conjetura de que Anastase Kazatzkian había utilizado el laberinto para camuflar algo más que sus creaciones enigmáticas. El mejor modo de ocultar un árbol es ponerlo en un bosque, rodearlo de árboles, para que pase inadvertido. Ésta era, en opinión de Nathaniel Maris y sus amigos, la clave que explicaba el porqué de la recreación del laberinto, lo que les ayudaba a vislumbrar la incógnita real: una incógnita camuflada entre docenas de incógnitas.

Pero ¿cuál?, ¿qué?, ¿dónde?, ¿por qué?, ¿de quién?, ¿para qué?, ¿hasta cuándo? A medida que se intuían algunos aspectos del misterio de Tökland, el conjunto de interrogantes que el caso planteaba no hacía más que agrandarse.

Berzhot se concentró en el enigma que comenzaba a un palmo de sus pies; el puente de los suicidas era la única forma de salvar el abismo, si es que eso era una forma de salvarlo. Se trataba de un puente de luz. Diversos reflectores y rayos láser enfocados hacia el borde opuesto del precipicio, alimentados por una gran batería, formaban con sus haces de luz contiguos y tensos una estela en el aire, una pasarela inmaterial de unos dos metros de amplitud, en la que ni el más ciego de los sonámbulos se habría aventurado. Su trazado, de unos cincuenta metros, llegaba nítidamente hasta la otra orilla del abismo. El simulacro luminoso de puente era perfecto. Las garantías de una muerte segura parecían también impecables.

Los rayos de luz, intensos y concentrados,

casi tenían la apariencia de materia sólida. Pero ¿quién, sin haber perdido el juicio, podía arriesgarse a caminar por encima? Desde luego, el explorador número treinta y cinco no era hombre que se amilanase ante las dificultades. Al contrario, estimulaban su energía y su astucia. El puente tenía todo el aspecto de ser una trampa mortal para los incautos o un obstáculo insalvable para los timoratos. Sin embargo, aunque sin saber cómo, Cornelius estaba convencido de que lo pasaría.

Como primer tanteo, lanzó una piedrecita a la plataforma de luz. El pequeño proyectil atravesó el falso puente sin que éste lo sostuviera ni un solo instante ni le opusiese la menor resistencia. La piedra no había encontrado más que vacío teñido de luz.

Cornelius dirigió el haz de su potente linterna hacia el fondo del precipicio. Ni siquiera se divisaba el final del abismo, debía de estar, por lo menos, a doscientos metros por debajo de él. Recorrió con la linterna las paredes y el techo de la inmensa caverna. No había forma humana de llegar hasta el otro lado. Las rocas, húmedas, lisas y casi verticales, sólo podían ser utilizadas como un tobogán mortal por quien quisiera estrellarse.

Por consiguiente, el puente de luz era el único camino practicable, el único modo de proseguir la marcha hacia los siguientes enigmas. Pero ¿cómo andar sobre aire iluminado? ¿Cómo sostenerse sobre lo que no podía aguantar ni el más insignificante peso?

En aquel momento de duda febril, Berzhot experimentó por vez primera una sensación que habría de repetirse muchas veces a lo largo de las horas siguientes. Notó que unos ojos lo observaban desde algún lugar oculto de las tinieblas. Pero no era aquélla, según adivinaba, la rutinaria mirada de control de un funcionario que vigila el desarrollo de un concurso, sino la de alguien que espía ansiosamente, la de quien escruta, desde un observatorio camuflado, gestos y movimientos que pueden ser trascendentales.

Entonces, como fruto de una imprevista asociación de ideas, el recuerdo del tal vez desaparecido Yuri Svanovskia se presentó en la mente de Cornelius. No tanto porque creyera que fuera quien lanzaba las miradas, sino porque en aquellos instantes en que todos los secretos de Tökland parecían estar suspendidos sobre su cabeza, el posible misterio que envolvía el paradero del campeón de ajedrez venía a agregarse al conjunto, insidiosamente.

En seguida, según estaba previsto en el plan de acción conjunta, Cornelius comunicó su situación a la célula de apoyo que, a bordo del *Dedalus*, esperaba sus noticias. El yate, desde su clandestina posición en alta mar, a poca distancia del islote, pero lo suficientemente lejos como para no ser visible desde Tökland, estaba atento segundo a segundo a los posibles mensajes de Berzhot. La respuesta llegó a continuación.

«Tapa los reflectores y emisores de luz y observa. Fin conexión.»

Aquella prueba, tal vez por ser tan obvia, no había pasado por la mente de Cornelius. El principio en que se basaba la estrategia combinada comenzaba a funcionar: varios cerebros trabajando al unísono pueden enfrentarse mejor a un dilema que uno solo, por muy acostumbrado que esté a la lucha con los enigmas.

Despojándose de parte de su vestimenta, Berzhot fue tapando los reflectores uno a uno, ya que el mando que podía desconectar la batería estaba fuera de su alcance. Pronto, el puente de luz quedó neutralizado. La oscuridad se adueñó del precipicio. Al otro lado, la fosforescencia del extraño bosque persistía.

Encendió de nuevo la linterna y con su poderoso haz recorrió el espacio antes iluminado por los focos. Entonces aparecieron, tensos y casi invisibles, dos resistentes cables de fibra de nailon transparente tendidos por encima del abismo. Dada su naturaleza, era imposible verlos cuando estaban inundados por los chorros de luz de los reflectores, se confundían con ellos. Pero, al tapar los focos, los cables se hacían claramente visibles.

Una vez hecho este descubrimiento decisivo,

sólo se requería arrojo y destreza física para salvar el precipicio. Recuperó sus prendas, cosa oportuna, pues el frío y la humedad se hacían sentir con fuerza; se sujetó con el cinturón a un cable, a modo de amarre de seguridad y, utilizando el otro como asidero para las manos, fue recorriendo por encima del abismo la distancia que lo separaba del bosque fosforescente.

Cuando estuvo a salvo en la otra orilla, cansado por el esfuerzo, se reprochó el no haber pensado antes en cubrir los focos. Aunque ésa era quizá una de las sutilezas del laberinto: intercalar de vez en cuando obstáculos de fácil solución que, precisamente por eso, se le hacían difíciles al explorador que se esforzaba en adivinar salidas más complicadas. Además, después de todo, el *puente de los suicidas* no era exactamente uno de los enigmas del recorrido, sino tan sólo un impedimento, una pequeña zancadilla de exquisita concepción, que había puesto de manifiesto la gran utilidad que tenía el apoyo proveniente del *Dedalus*.

Estas reflexiones, sin embargo, no hicieron perder ni un segundo a Cornelius. Estaba ya moviéndose con suma cautela y extremada atención por entre los misteriosos árboles del bosque fosforescente. Al tenerlos cerca, vio que tenían una inmutable rigidez y el aspecto de estatuas de cristal. En aquel multitudinario trasplante de la tierra a la magia había toda clase de especies: palmeras, tilos, castaños de Indias, robles gigantescos, araucarias, tamarindos, sicómoros, álamos, encinas, lotos de África, ébanos, acacias, baobabs, eucaliptos, arces, fresnos, hayas, olmos, cedros, algarrobos, caobas, cerezos, abedules, nogales, cipreses, laureles y muchísimos otros tipos hasta completar un impresionante conjunto de más de quinientos ejemplares.

Su inmovilidad y la luminiscencia verdosa que desprendían se debía a que todos ellos estaban recubiertos por una extraña sustancia vitrificante que les daba el aspecto y el tacto de prodigios arbóreos de cristal. En aquella arboleda congelada y perenne, que parecía el sueño de un escultor dedicado a tallar troncos y copas de vidrio arborescente para agruparlas en el más bello de los bosques, se respiraba el inconfundible aliento del misterio.

El subyugador efecto plástico de aquella visión luminosa que conmovía hasta lo más profundo y evidenciaba el singular talento de Kazatzkian, no hacía olvidar a Cornelius Berzhot la verdadera índole del problema. No podía dejarse hipnotizar por la belleza. El bosque no era más, en aquel momento, que un obstáculo a vencer, que un secreto a poner al descubierto. La gran belleza de los árboles parecía concebida para hacer caer al viajero en un estado de contemplación, pero Cornelius estaba ya analizando fríamente todas las circunstancias que concurrían en aquel nuevo enigma.

No había salida alguna. Donde acababa el bosque, comenzaba la roca impenetrable. Ni el menor indicio de túnel o pasadizo por ninguna parte. Al fondo, el gran precipicio con sus cables tensos. Pero Berzhot no creía que la solución pudiese consistir en dar marcha atrás. El secreto de cómo salir de allí estaba, sin duda, en el bosque. Una inscripción grabada a cincel en el suelo de piedra, allí donde los caminos de salida no existían, apoyaba esta certeza:

LOS OJOS QUE HAN MIRADO AL INFINITO
TE LLEVARÁN AL CORAZÓN DEL LABERINTO

Cornelius memorizó la frase en un instante y se dispuso a reconocer minuciosamente los árboles vitrificados en busca del hallazgo que le ayudase a comprender el significado de las palabras esculpidas en la roca.

Las fabulosas figuras arbóreas estaban colocadas de forma irregular. Lo que, visto de lejos, tenía el aspecto de ser una compacta floresta, se revelaba una vez dentro de ella como un bosque de disposición extraña. Los grandes ejemplares vegetales estaban muy agrupados en ciertas zonas, con sus copas casi tocándose, mientras que en otras la concentración era menor o, incluso, dejaba ciertos claros. El contorno general formaba un perímetro más o menos ovalado, aunque, dada su magnitud, no podía captarse con precisión.

Los troncos, con su luminosa corteza vítrea, estaban empotrados con tal firmeza en la roca que toda pretensión de moverlos era insensata. Tampoco podía buscarse la salida en el hueco dejado por la caída de algún árbol: todos estaban erguidos, incólumes, altivamente en pie. Aquel inmóvil oleaje de ramas fosforescentes que parecía ahogar a Cornelius bajo un lago de verdor cristalino se cernía sobre él como si fuera a convertirse en la tumba de su insólita aventura.

Por primera vez desde que había entrado en el laberinto, Berzhot se sentía atrapado en las fauces de un enigma insoluble. La idea de llegar a ser un pelele en manos de Mr. Kazatzkian le producía una gran exasperación. La inspección del bosque no estaba dando ningún fruto. Deambulaba por entre los árboles como un cazador extraviado en la niebla, sin ver más allá de sus narices. A pesar de que se resistía a darse por vencido, decidió que no tenía otro remedio que pedir auxilio al *Dedalus*. Al fin y al cabo, no estaba solo. Ellos, con su mayor serenidad y con la perspectiva distanciada que su posición les permitía, tal vez pudieran ayudarle. Los golpes de dientes comunicaron a sus compañeros el atolladero en que se encontraba.

En el yate clandestino hubo un rápido conciliábulo. Se habían dado cuenta de que Cornelius, abandonado por su moral de hierro, estaba temiendo el fracaso de su misión. La respuesta, perspicaz e inspirada por la confianza en el éxito final, dio a Berzhot lo que tanto necesitaba: una pista a seguir, una acción a emprender inmediatamente.

«Trata de alejarte del bosque. Elévate y míralo desde otro ángulo. Ánimo, la suerte sonreirá. Fin conexión.»

—¡Claro, hay que verlo desde arriba! —exclamó Cornelius sintiéndose renacer.

Por fortuna, en aquel lado del abismo las paredes, aunque escarpadas, no eran tan lisas y resbaladizas como en la orilla opuesta. Cornelius dejó su mochila al pie del muro e inició el ascenso por la pared de la descomunal gruta. Con suma facilidad trepó unos diez metros. Desde allí, miró el bosque. Nada nuevo le fue revelado. Estaba demasiado cerca todavía. Se propuso no volver a mirar hasta haber subido un buen trecho. La altura total del muro rocoso tenía unos ciento cincuenta metros, por lo menos.

Continuó la ascensión investido del ímpetu de quien escala una ladera con la esperanza de contemplar un soberbio panorama una vez ganada la cima. La escalada se hacía más arriesgada a medida que aumentaba su altitud, pero eso no le importaba. Ahora tenía un objetivo y la confianza de obtener un resultado explícito.

Cuando se hubo remontado a más de cien metros por encima de la arboleda luminiscente, consideró que había llegado el momento de contemplarla de nuevo. Se preparó para este gesto con la emoción inquieta de quien se siente a las puertas de un gran descubrimiento. Se creía inmunizado ante cualquier sorpresa que la visión pudiese depararle y, sin embargo...

Miró hacia abajo y un latigazo de punzante terror sacudió su columna vertebral: ¡el bosque fosforescente había desaparecido!

En su lugar, allá en las profundidades semioscuras, mirándole con fijeza obsesiva, estaba Anastase Kazatzkian, agigantado hasta dimensiones inconcebibles, como si aguardase su caída mortal en el vacío.

Ésta fue la primera impresión de Cornelius. Pero duró tan sólo unas décimas de segundo. En seguida, una percepción más sensata y exacta de la realidad hizo que su corazón brincase de alegría.

La singular estampa que se ofrecía a sus pies era, efectivamente, el rostro del presidente de la Compañía. Pero no se trataba de encarnación monstruosa alguna. Era, nada más y nada menos, la figura gigante que formaba el bosque al mirarlo desde aquella altura. Desde el nivel del suelo, o desde una posición poco elevada, resultaba imposible darse cuenta. Pero, desde allí, el rostro barbudo y la descuidada cabellera del anciano forjador de maravillas, así como todos los detalles de su faz, alcanzaban una representación prodigiosamente exacta.

Entonces, vislumbrando ya la pista a seguir, Cornelius recordó el mensaje labrado en el lindero:

Mr. Kazatzkian no había resistido la tentación de construirse un autorretrato, como los innumerables artistas que lo habían hecho antes que él y los incontables que lo harían después. Sólo que, como todo en los asuntos de la Compañía, tenía un carácter desmesurado y enigmático, contagiado de los delirios de genialidad y de exaltación apoteósica que dominaban al presidente.

Pero en la exuberancia quizá excesiva del gigantesco autorretrato alentaba un verdadero talento escenográfico. Kazatzkian se había concedido aquel espectacular homenaje, aquella desmedida ampliación de su efigie, tal vez en compensación por las terribles y agudas inquietudes que parecía haber soportado. No era de extrañar una realización de tal magnitud por parte de quien se sentía en el umbral de apocalípticos acontecimientos. Lo que a los ojos del vi-

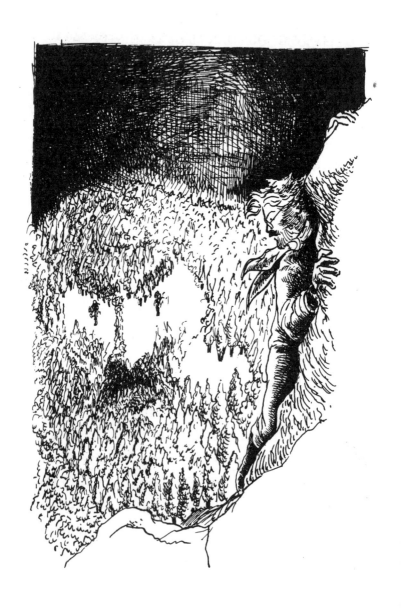

sitante podía resultar insensato, tenía quizá una lógica precisa en los oscuros planes del soberano de Tökland.

Porque Anastase Kazatzkian, desde su remoto refugio del océano Índico, había mirado al infinito.

Cornelius registró mentalmente el emplazamiento de los árboles que formaban los ojos del retrato. No podía confundirse a su regreso. Sin pérdida de tiempo, inició el descenso de la pared que había escalado. Mientras bajaba, sin detenerse, comunicó su descubrimiento al *Dedalus*. Estaba seguro de contar con una pista concreta. Cuando llegó al bosque de cristal la muela de resonancia vibró con la respuesta del equipo de apoyo.

«Clave en proximidades ojos. Solución a tu alcance. Fin conexión.»

Cornelius atravesó corriendo la arboleda encantada hasta llegar junto a los ojos que habían mirado al infinito. Después de un minucioso examen, pudo comprobar que el bosque-laberinto no iba a entregarle tan fácilmente su secreto. Ningún indicio, por pequeño que fuese, le señalaba el camino o la forma de la huida.

Una nueva circunstancia sorprendente vino a agravar su situación: la luminiscencia que despedía la sustancia vidriosa en la que los árboles habían sido bañados estaba menguando. Por algún desconocido procedimiento químico, los constructores del laberinto habían logrado una fosforescencia de ciclos limitados. La disminución de la tenue claridad verdosa, a pesar de producirse lentamente, amenazaba con dejarle a oscuras en pocos minutos.

La perspectiva de encontrarse solo, extraviado y sin rumbo en aquella llanura de tinieblas poblada de árboles fantasmales, entre los altos muros de piedra y el abismo mortal, casi lo dejaron sumido otra vez en el desánimo.

En aquel momento crítico, rendido por el cansancio, tal vez obedeciendo a ciegas a una fulgurante inspiración, Cornelius se tendió en el suelo, entre los dos ojos forestales. Miró hacia arriba, hacia las penumbras de la bóveda. En aquella posición, la línea de su mirada era la misma que la de la mirada imaginaria de los árboles-ojos, se dirigía verticalmente hacia lo alto, hacia el infinito de tinieblas de la noche eterna. Y entonces, como un manantial que brotase de repente, ¡lo que tanto esperaba sucedió!

Allí estaban, serenas y majestuosas, apagándose, como diademas de hielo y esmeralda, las copas de los árboles, esperando también a que el momento llegase. Y una de las copas, la de la pupila del ojo derecho, lanzó el prodigio al aire.

Por entre los vacíos del follaje, a través de los leves espesores de cristal, Cornelius vio en seguida lo que para él significaba la aparición de un resplandeciente arcángel. Grande como un cóndor de leyenda, maravillosa cometa del subsuelo de la tierra, un asombroso murciélago blanco, remontándose hacia la cima de la cueva, le anunciaba que la hora final de su aventura no había sonado todavía.

¿Cómo había podido elevarse aquel prodigio

de largas plumas blancas y ligerísimo papel de arroz? ¿Por qué había permanecido quieto hasta entonces?

Cuando el etéreo murciélago se perdía en las tinieblas de la altura, Cornelius se volvió boca abajo y aplicó su rostro al suelo de piedra. De la roca brotaban finísimos hilillos como alfileres que abrían los poros de su cara. A través de cientos de diminutos orificios salían corrientes de aire caliente. Berzhot, al tenderse encima, los había tapado, ahogando su fluir. Entonces el aire había buscado otro camino, por el interior de un tronco, hasta llegar a la copa en la que aguardaba el murciélago plegado e invisible, dispuesto a elevarse con un soplo para indicar el acceso hacia el corazón del laberinto.

Cuando Cornelius comprendió, la preciosa cometa ya caía. Aunque era tan ligera que el aliento de un niño habría bastado para hacerla subir otra vez, la débil columna de aire no alcanzaba a sostenerla allá arriba.

Berzhot la tomó entre sus manos como un cazador que, en lugar de dar la muerte, recibiera vida de la pieza cobrada. El murciélago ficticio le abría la puerta hacia las siguientes estancias secretas de aquel mundo subterráneo.

Los árboles seguían palideciendo. La suntuosa negrura de su destierro no hacía más que acrecentarse. La oscuridad no dejaba ya margen a ninguna otra espera.

Berzhot se encaramó, trepando, al árbol del que había surgido la blanca aparición. Allí, en la copa vitrificada, tal como esperaba, un boquete daba entrada al interior del tronco hueco. Aquélla era la salida, la única posible, del bosque de cristal. Con una correa, se ató la linterna a la cabeza: necesitaba tener las manos libres. Bajó por el interior del árbol. Una vez llegado a la base, prosiguió su descenso. El tronco vacío estaba conectado a una chimenea natural de la misma roca, más amplia aunque todavía angosta, que penetraba oblicuamente en aquel subsuelo de subsuelos, alejándose del barranco del puente de luz.

Cuando la vertical garganta de piedra se hizo más ancha y ya no se podía descender apoyándose con los pies y la espalda, una providencial escalera de cuerda que hacía posible lo imposible le permitió continuar su descenso hacia las profundidades. De las paredes de aquel pozo cónico arrancaban numerosos túneles horizontales, franqueables para un hombre, que sin duda conducían a un sinfín de pasadizos sinuosos. Pero, por una vez, los modificadores del laberinto, al poner la escalera, dejaban una pista cierta en manos del explorador, ahorrándole el peligro de extraviarse acaso para siempre.

Después de algunos minutos de descenso sin atisbar a sus pies más que tinieblas, el haz de luz de la potente linterna de Cornelius se reflejó en una lejana superficie diamantina, allá en el negro fondo.

Él comprendió en seguida: se estaba acercando a un lago subterráneo. Y, de pronto, como si el rayo salido de su cabeza hubiese accionado algún dispositivo de respuesta fotoeléctrica, las

aguas pasaron a ser refulgentes, todo el estanque era una ascua de luz. La escalera terminaba en la orilla del gran lago rutilante. Y, en él, no había sólo agua. Multitud de formas imprecisas, entrevistas gracias a la transparencia del líquido iluminado, delataban que, en el fondo, nuevas maravillas sembradas por la mano imprevisible de Kazatzkian constituían un nuevo enigma para el asombro del viajero.

Berzhot bajó con presteza el tramo que le restaba y se dispuso a contemplar otra escenografía deslumbrante.

El lago estaba iluminado de tal modo por fuegos submarinos, que toda su masa líquida era visible. Sumergidas en ella, formando una ciudadela subacuática, cientos de imágenes de piedra, maquetas de templos, palacios y castillos, de todas las épocas y civilizaciones, mostraban sus diversas formas como una fauna de ensueño.

Allí había catedrales góticas, templos funerarios japoneses, santuarios de la India, mansiones del Renacimiento, mezquitas del islam, for-

talezas nórdicas, pirámides precolombinas, pa-
godas birmanas, tumbas imperiales chinas, ba-
sílicas romanas, mausoleos turcos, monasterios
europeos... y muchas otras construcciones inexplicables, tal vez más antiguas que la memoria
de los hombres o salidas quizá de la mente de
arquitectos que habían querido desafiar a las
formas y a la razón.

Aquella asamblea de edades y de estilos, aquel homenaje a todos los tiempos, incluso a los desconocidos, aquella apoteósica Atlántida de Tökland, contenía un enigma que las palabras no pueden transmitir.

Por influjo de causas desconocidas, ligeras turbulencias removían las aguas. Las formas sumergidas eran vistas en incesante temblor, como si de un momento a otro fueran a desvanecerse, a multiplicar su tamaño o a sufrir cualquier otra inaudita transformación.

El nuevo desafío inducía al más profundo desconcierto. De la galería en la que estaba el lago partían numerosos pasadizos, más de veinte, hacia las más diversas direcciones. Sin duda, la mayoría de ellos, si no todos, conducían a tortuosas ramificaciones sin salida. Aventurarse al azar por cualquiera de ellas habría sido descabellado. Por otra parte, las extrañas antorchas de colores que ardían sumergidas bajo el agua no podrían seguir dando luz por mucho tiempo. Una acción rápida y certera se hacía inevitable.

A pesar de su apremiante situación, Cornelius, rendido ante la inigualable belleza de aquella nueva creación de Anastase Kazatzkian, se preguntaba una vez más, y era la última ocasión en que iba a tener para hacerlo, por las secretas motivaciones del forjador del laberinto.

¿Qué le había llevado a emprender la realización de tan extrañas maravillas? No era posible que el placer alcanzado al hacerlo fuese motivo suficiente. No cabía pensar que el único objetivo hubiese sido conquistar la admiración de los miles de presuntos visitantes futuros. Por encima de todo ello, forzosamente, tenía que haber alguna otra razón que era la que había alentado la realización de aquella obra casi sobrehumana.

Pero, hasta el momento en que el verdadero secreto de Tökland, fuese cual fuere su naturaleza, se presentara ante él, Cornelius no podía hacer más que tratar de seguir avanzando, enigma a enigma, hacia las regiones más intrincadas del laberinto.

Cuando se disponía a establecer contacto con

el *Dedalus* para comunicar su salida del bosque de cristal y su descenso hasta las proximidades de la ciudad-imposible sumergida, una transmisión de sus compañeros se le anticipó:

«Atención. Peligro. Motonave de la Compañía acercándose a nosotros. Comunica rápidamente tu situación. Fin conexión.»

«Encontrada salida bosque cristal. Nuevo misterio ahora: lago con maquetas sumergidas. Intentaré seguir por mi cuenta. Fin conexión.»

«Recibido. Prosigue avance hasta donde puedas. Interrumpimos transmisiones. Acaso seamos registrados. Informaremos más tarde. Suerte. Fin conexión.»

Aunque la anunciada contrariedad no hizo excesiva mella en la valerosa imaginación de Cornelius Berzhot, al saberse totalmente solo, aunque fuese por unos instantes, le pareció que el misterio del lago crecía aún más.

Cuando esa sensación rondaba todavía por su mente, advirtió que la luminosidad de los fuegos subacuáticos estaba decreciendo. Si se extinguían, sólo con la ayuda de su linterna apenas podría ver unos metros bajo las aguas. La situación crítica que se acercaba agudizó su capacidad de iniciativa.

Un tanto a la desesperada, decidió efectuar una tentativa por su cuenta, ya que, por el momento, sus compañeros no podían ayudarle. En aquel instante decisivo notó con más fuerza que nunca la llamarada devoradora de unos ojos que, acechando hasta el menor de sus movimientos, no sólo no atenuaban su soledad, sino que la hacían aún más cruel e insoportable. Pero Cornelius, que no había retrocedido antes, menos aún iba a hacerlo entonces, aunque se sabía todavía bastante lejos del final.

TENSIÓN EN ALTA MAR

El *Dedalus* se había encontrado de pronto ante una inquietante emergencia: una de las motonaves de Kazatzkian acababa de descubrir su situación en alta mar, frente a las costas de Tökland.

En la lancha de la Compañía viajaban cuatro hombres, tal vez armados. Los colaboradores de Cornelius estaban en las aguas jurisdiccionales de la isla. Allí la Compañía era soberana por privilegio otorgado bajo contrato por el gobierno de Dondrapur. Por tanto, el *Dedalus* podía sufrir represalias sin que nadie acudiese en su defensa.

Los miembros del equipo que apoyaba a Cornelius a distancia, los tripulantes del *Dedalus*, ahora expuestos al peligro de un abordaje, eran las siguientes personas:

Norbert Deep, experimentado espeleólogo y autoridad mundial en exploraciones subterráneas.

Pier Paolo Manzoni, arqueólogo, destacado especialista en la interpretación de enigmas, mensajes e inscripciones pertenecientes a antiguas civilizaciones.

Valentina Marculova, profesora de lógica y eminente experta en matemáticas recreativas, enigmas lingüísticos y problemas de ingenio.

Isidor de Malivert, talento de la criminología y director de una famosa agencia de detectives privados.

Marlene Baumgarten, ilustre psicóloga y psiquiatra, especialista en trastornos de personalidad del tipo que parecía afectar a Mr. Kazatzkian.

Fulgencio Fábregas, polifacético deportista y luchador, experto tanto en alpinismo como en exploración submarina, sin olvidar las más exóticas técnicas de combate y defensa personal.

Minos Tachter, especialista en microelectrónica y creador del dispositivo que permitía la comunicación entre Cornelius y la gente del *Dedalus*.

Completaba la expedición Nathaniel Maris, que fue quien los convenció a todos de que el enigma de Tökland bien podía valer la aventura.

Todos ellos, en una u otra ocasión, habían participado en las actividades de Cornelius, formando parte de su equipo. Pero nunca hasta entonces habían estado juntos en el mismo viaje. Dada la complejidad del caso de Tökland, la experiencia y los conocimientos de todos podían resultar útiles para llegar al fondo del misterio.

El *Dedalus* se encontraba cerca del litoral del sombrío islote, pero alejado de la ruta habitual de las motonaves que iban a Dondrapur. Estaba, precisamente, en el lado opuesto para evitar cualquier encuentro. Pero la casualidad o quizá el hecho de que una de las lanchas de la Compañía hubiese dado un rodeo en torno a Tökland, hizo que se descubriera la presencia de los conjurados, y que una lancha enfilase hacia ellos en línea recta.

En el escaso margen de tiempo de que disponían, los sorprendidos tripulantes pusieron en práctica el plan de emergencia que habían previsto con la esperanza de no tener que utilizarlo nunca. Declararon zafarrancho de camuflaje, ocultando los equipos de transmisiones, la biblioteca especializada que había a bordo, las cámaras de filmar submarinas y todo el contingente de materiales e instrumentos que, de ser descubiertos, delatarían fácilmente el motivo de su expedición.

Con movimientos apresurados pero exactos, lograron conferir al *Dedalus* un más o menos convincente aspecto de embarcación de recreo gobernada por unos despistados turistas de lujo que, por azar, curioseaban en aquellas aguas tan desprovistas de atractivo.

Nathaniel Maris se ocultó dentro de un barril. Si alguno de los hombres de la Compañía llegaba a reconocerlo, la impostura se vendría abajo en el acto. También se escondieron en sendas cubas Fábregas y Deep, quedando como fuerzas de reserva por si la situación se hacía crítica. Los demás, tensos y preocupados, aguardaban en cubierta poniendo todo su empeño en aparecer sonrientes y relajados como si nada tuviesen que ocultar.

Cuando la motonave de la Compañía estaba ya tan cerca que parecía que iba a embestirles sin contemplaciones, giró bruscamente y se detuvo mostrándoles el flanco de estribor.

—Van a registrarnos, seguro —murmuró Minos Tachter.

—Que nadie pierda la calma. Puede que se contenten con echar una ojeada —agregó Valentina Marculova, diciendo sólo la mitad de lo que pensaba.

—Por lo menos, nos ordenarán que demos media vuelta y que nos alejemos de aquí a toda máquina —dijo lúgubremente Minos Tachter, el más pesimista del grupo.

—No se librarán de nosotros tan fácilmente.

—Quien ahora hablaba era Isidor de Malivert—. No podemos dejar solo a Cornelius. En todo caso, fingiremos que nos vamos y más tarde volveremos.

—Fijaos, son cuatro. Nos miran como si fuésemos monigotes de una barraca de tiro al blanco. ¿Qué les dará ese Kazatzkian para volverlos tan desagradables? —dijo Manzoni entre dientes.

Uno de los agentes de la Compañía empuñó un megáfono que había estado oculto hasta entonces.

—Mr. Anastase Kazatzkian, presidente de la Compañía Arrendataria de la Superficie y Subsuelo de la Isla de Tökland, tiene el honor de invitarles a cenar en el campamento del islote esta noche a las nueve. La satisfacción que le causa a nuestro presidente la presencia de tan ilustres viajeros en aguas jurisdiccionales de la Compañía, sólo es comparable al agrado que le producirá el hecho de que ustedes lo honren aceptando su hospitalidad.

Después de voceado el mensaje, el empleado dejó transcurrir una larga pausa sin dejar de mirarles. Sus tres secuaces hacían lo propio, como navegantes patibularios preparados para un ataque por sorpresa.

Al fin, con una voz más oscura e impersonal, casi imperativamente, el del megáfono añadió:

—¿Cuál es la respuesta?

En el *Dedalus* había cundido el desconcierto. La invitación tenía todo el aire de ser una encerrona, olía a ponzoña perfumada. Sólo era posible ofrecer una respuesta estratégica. Después de un rápido conciliábulo con sus compañeros, Isidor de Malivert tomó la palabra.

—Desde luego, aceptamos encantados, aunque no sabemos a qué se debe este honor ni quién es el ilustre presidente. Pero siempre es agradable, cuando se viaja, conocer a las más notables personalidades de cada país.

Pisando estas últimas palabras, el agente de Kazatzkian les indicó la situación del fondeadero.

—... allí atracarán a las nueve menos cuarto y después serán conducidos al campamento a bordo de nuestros vehículos. Se les ruega rigurosa puntualidad, nuestro presidente es muy estricto en ello.

Acto seguido, sin que mediase entre ambas embarcaciones ni una frase más, la motonave dio media vuelta y partió a toda velocidad, dejando a los del *Dedalus* en un mar de perplejidades.

—Esto significa que saben quiénes somos y qué estamos haciendo aquí —dijo Minos, presa de un ligero histerismo.

—Desde luego, nuestra presencia ya había sido advertida —confirmó Marlene Baumgarten—. La motonave sabía que nos encontraría aquí.

—Tal vez hayan captado nuestras comunicaciones con Cornelius —sugirió Nathaniel Maris, que en aquel momento abandonaba su escondrijo, al igual que Fábregas y Deep.

—Eso es casi imposible —cortó Minos, susceptible y molesto—. Empleamos unas frecuencias totalmente inhabituales. Para captarlas sería necesario disponer de unas instalaciones muy sofisticadas. ¡No puede ser que las tengan en Tökland! Los equipos que he diseñado son el último grito de la electrónica superminiaturizada, sólo media docena de naciones están en situación de interceptar sus señales. ¿Cómo va a tener Kazatzkian nada de eso? ¡Es un disparate!

—Sí, pero el observador permanente del gobierno de Dondrapur, ese misterioso personaje a quien nadie ha visto, puede que tenga un equipo muy potente —terció Fulgencio Fábregas.

—Con lo que tenga, te lo aseguro sin necesidad de haberlo visto —Tachter quería alejar de sus dispositivos toda sospecha de vulnerabilidad—, ¡no puede ni oler nuestras ondas!

—Entonces ¿cómo podían saber que nos encontrábamos aquí? —planteó Norbert Deep—. Desde la isla no pueden vernos, nos tapa la curvatura del horizonte. No han pasado helicópteros ni avionetas, ninguna otra nave se ha cruzado en nuestra ruta... ¡Tal vez la Compañía tenga algún dispositivo de radar!

—Si es sólo eso, no hay motivo de alarma. —Nathaniel no podía olvidar que había sido el promotor de la expedición. Si acababa mal, no podría perdonárselo—. Lo único que han descubierto es nuestra presencia, no pueden saber a qué estrategia obedece.

—Pero tratarán de adivinarlo. Un hombre tan extraño como Kazatzkian es capaz de sospechar lo peor. Es posible que, como aperitivo, antes de la cena, nos someta a un interrogatorio intensivo —dijo, saliendo de su silencio, Valentina Marculova.

—Ellos nos lo han recordado: estamos en sus aguas jurisdiccionales. Incluso podrían denunciarnos al gobierno de Dondrapur. —Manzoni temía que la aventura se fuese a pique antes de haber llegado a algo positivo.

—No, ése no es el estilo de Kazatzkian. Seguro que él es el primer interesado en que el gobierno no meta las narices en el asunto. —Malivert, siguiendo los hábitos de su profesión, trataba de poner en orden los nuevos datos—. Ya veréis como tratará de averiguarlo todo por sí mismo, con la ayuda de sus esbirros. Sólo ellos tienen que preocuparnos.

—¡Ya lo creo que me preocupan! Son tipos dispuestos a todo, basta con verlos. —Minos, empeñado en no recobrar la calma, contagiaba a los demás su nerviosismo.

Por espacio de varios minutos, continuaron su intercambio de deducciones e interrogantes. ¿La invitación era una trampa? ¿El observador permanente del gobierno había sido hipnotizado y no ejercía ningún control? ¿Tenían alguna posibilidad de eludir la dichosa cena sin dejar desamparado a Cornelius? ¿Sería posible reanudar las comunicaciones después de todo aquello? ¿Hasta dónde estaba dispuesto a llegar Kazatzkian? Ir a dar la alarma a Dondrapur podría ser un paso en falso, todavía no tenían pruebas concretas contra la Compañía. ¿Iba a ser Tökland la tumba de todos?

Por fin, sintetizando todas las opiniones, con la ayuda de su experiencia en aplicar la lógica a problemas complejos, Valentina Marculova trazó un plan de emergencia para las horas siguientes.

—Tenemos casi toda la tarde por delante. Después decidiremos, en función de los nuevos acontecimientos, si acudir o no a la cita de Kazatzkian. A partir de ahora actuaremos con más cautela, las motonaves de la Compañía pueden presentarse de nuevo en cualquier momento. No modificaremos nuestra situación para no despertar sospechas. Pondremos en práctica en seguida la segunda fase del plan, aunque teníamos previsto hacerlo más tarde. Nathaniel, Fulgencio y Norbert desembarcarán ahora, son los únicos que pueden hacerlo, pues los hombres de la motonave desconocen su presencia. Isidor les acompañará, para regresar después con el bote: los de la isla notarían que falta la barca. Si los que han desembarcado corren peligro de ser descubiertos, la consigna es dispersarse. Si alguno es apresado, exigirá ser conducido ante el observador permanente. Si éste es inoperante o ha desaparecido, y la situación es muy grave, disparará la minipistola de señales que todos llevamos encima. Entonces, los demás intentaremos un asalto definitivo. Pero conviene no precipitarse ni ceder al nerviosismo, que puede ser nuestro principal enemigo. Debemos evitar que una decisión apresurada descubra nuestro juego antes de tiempo. Suerte para todos y que esta aventura llegue pronto a buen término.

Los miembros de aquel improvisado grupo de investigadores se pusieron de nuevo en movimiento. Aunque no eran, en su mayoría, personas acostumbradas a la acción directa, galvanizados por el influjo que el secreto de Tökland ejercía sobre ellos y por el deseo de seguir apoyando a Cornelius hasta el límite de sus fuerzas, se sentían aún capaces de grandes proezas.

Mientras la barca, con los cuatro tripulantes designados, se dirigía al islote, hacia los acantilados que caían a pico sobre las aguas, los que permanecían en el yate habían vuelto a conectar el equipo de transmisiones y emitían un nuevo mensaje:

«Problema superado. Problema superado. Sin dificultades por ahora. Todo normal a bordo. Restablecemos contactos. Comunica tu situación. Fin conexión.»

En lugar de la esperada respuesta, un silencio lúgubre llenó los circuitos de recepción.

—¡No responde! —advirtió, innecesariamente, Minos, pues todos se daban cuenta de que el descodificador de mensajes permanecía inactivo.

—Repite la emisión, dos, tres veces; ¡todas las que sean necesarias! —aulló Manzoni.

«*Dedalus* llamando a Cornelius. *Dedalus* llamando a Cornelius. Comunica tu situación. Fin conexión.»

Cada vez más breve y con mayor frecuencia, el mensaje saltó al aire insistentemente. No hubo ni la más leve señal de respuesta.

Anticipándose a cualquier reparo de sus

compañeros, Minos efectuó un rápido diagnóstico desde su punto de vista.

—No es posible que su microtransmisor se haya averiado. Tiene una capacidad de funcionamiento permanente, a toda prueba, durante cinco mil horas. Algo grave tiene que haberle ocurrido a Cornelius.

—Insiste, envíale el mensaje cada treinta segundos —dijo, imperturbable, Valentina.

—Sí, pero ¿y si no responde? —Minos tenía una enfermiza tendencia a darlo todo por perdido.

—Si no responde —con solemne gravedad, Marlene había tomado la palabra—, si Kazatzkian ha desencadenado alguna brutal tragedia, que sepa desde ahora que quien ensombrezca nuestra pacífica aventura con sangre o con muerte, acabará siendo arrastrado por su propia demencia. De aquí no nos iremos sin que, de una u otra forma, se haga justicia.

—Cornelius es Cornelius, y es además cada uno de nosotros. De todo cuanto a él pueda ocurrirle, la Compañía será responsable ante el mundo. —Aunque sin perder el control, Valentina había hablado a voces, como si deseara ser escuchada desde la isla.

Añadiendo nueva gravedad a una situación que se presentía dramática, el océano, hasta entonces plácido comparsa de la acción, sacudió con unas primeras embestidas el desportillado *Dedalus*. El naciente furor de las aguas y el cielo oscureciéndose por momentos anunciaban el peligro de una tempestad en formación.

TÖKLAND, TIERRA
DE EMBOSCADAS

El bote que conducía al grupo de desembarco había encontrado entre los acantilados una escarpa no del todo inexpugnable. Con el propósito de no demorar el regreso de Malivert, ya bastante amenazado por la creciente fiereza del oleaje, Maris, Fábregas y Deep decidieron correr los riesgos de la escalada antes que perder más tiempo buscando accesos de más fácil ascensión.

Mientras Isidor emprendía su amenazado viaje de retorno, los tres improvisados invasores iniciaron con todas las precauciones posibles la subida por los resbaladizos peñascos costeros.

El objetivo de aquella acción de comando, por descabellado que pareciese, estaba muy claro para quienes iban a llevarla a cabo: encontrar accesos que condujesen directamente al corazón del laberinto sin pasar por ninguna de las pruebas.

Norbert Deep tenía la convicción, y así lo había hecho saber a sus compañeros, de que el gigantesco sistema de galerías subterráneas de Tökland poseía numerosas entradas naturales, distribuidas por toda la extensión del islote. Los concursantes-exploradores seguían un itinerario que no estaba conectado directamente con el exterior; pero, en la hipótesis de Deep, apoyada en no pocos indicios y en sus conocimientos de geología, se consideraba como perfectamente posible poder entrar en distintos sectores del laberinto a través de diferentes grutas o cavidades abiertas en la superficie.

El problema consistía en lograrlo sin ser descubiertos. No era un propósito insensato: los hombres de la Compañía, escasos en número, no podían ejercer una permanente vigilancia en todos los rincones de Tökland ni tener bajo control todos y cada uno de los interminables pasadizos del subsuelo.

Tampoco era menos cierto que, en caso de ser sorprendidos y apresados, el fracaso de la operación *Dedalus* sería inevitable.

Con aquella tentativa podían aproximarse al objetivo final, pero también lo arriesgaban casi todo. Sin embargo, los recientes acontecimientos habían aconsejado poner en marcha inmediatamente el desembarco, aunque en un principio sólo tenían pensado recurrir a él in extremis si Cornelius fracasaba o veía detenido su avance por algún enigma irresoluble.

Los tres resueltos escaladores, con no pocas dosis de audacia, lograron remontar los inhóspitos acantilados. Apenas llegados a la cima del abismo sobre el mar, descubrieron con euforia que el terreno favorecía su intención de adentrarse secretamente en la isla.

—¡Magnífico, suelo irregular, rocoso, accidentado... posibles escondrijos a cada paso! Va a ser difícil que puedan vernos. —Fulgencio Fábregas no exageraba: en aquel paraje se habría podido camuflar un regimiento.

—Qué gran contraste existe entre esta desolación, casi de otro mundo, y las maravillas que se ocultan bajo tierra. Todo es dramático aquí, hasta las piedras parecen torturadas por los enigmas que contienen sus entrañas. —Nathaniel Maris nunca dejaba de apreciar los aspectos literarios de las situaciones. Su pensamiento, de modo semiautomático, esbozaba descripciones para sus futuros artículos en *Imagination*.

—Avanzaremos hacia el centro del islote. A una cierta distancia de la costa nuestras posibilidades de encontrar bocas de caverna aumentarán. —Después de las palabras de Norbert Deep, el experto en exploraciones subterráneas, la pequeña columna expedicionaria se puso en movimiento.

A pesar de lo temprano de la tarde, el agreste relieve del islote se asemejaba a una fúnebre aparición en medio de las brumas. La tormenta se cernía lentamente, demorando el momento en que, implacable, lanzaría sus trombas. Los oscuros nubarrones habían dejado sólo la luz indispensable para que aquel momento no pudiese llamarse noche.

Los tenaces aventureros, que nada sabían de la tensión causada en el *Dedalus* por el alarmante silencio de Cornelius, caminaban alentados por la esperanza de que, al propio tiempo que ellos lo hacían por la superficie, Berzhot progresaba por el subsuelo, acercándose todos al ignorado objetivo que Kazatzkian había hecho casi inalcanzable.

De pronto, con la punzante certeza de un presentimiento funesto, los tres amigos creyeron percibir al unísono que alguna presencia hostil acechaba en aquellas soledades. Sin intercambiar palabra alguna, rápidamente, se dispersaron. Agazapados, cada uno en su escondrijo, con la respiración contenida, escucharon y observaron. Sólo el lejano rumor de la tormenta que ya estaba descargando en alta mar ocupó el silencio. Pasado un intervalo sin nuevos indicios inquietantes, con sus temores apaciguados, acordaron por señas arriesgarse de nuevo.

—Puede que haya sido un efecto del ambiente, está cargado de electricidad, hasta parece que el aliento cruje... —dijo Maris.

—No perdamos más tiempo, Nathaniel —masculló Fulgencio—. Es preciso encontrar un refugio por si cae el aguacero.

—Puede que encontremos algo más si rodeamos aquellos peñascos. ¡Vamos! —vaticinó Deep.

Con redobladas precauciones, casi acariciando con sus botas las prominencias rocosas del terreno, continuaron la incursión. En la atmósfera enrarecida no flotaba ya la impresión de que alguien los estuviese espiando. La conquista de su inmediato objetivo se imponía como única preocupación.

Cuando al fin llegaron ante la cara oculta del risco, comprobaron que el pronóstico de Norbert había sido certero. El espeleólogo no pudo contener una exclamación de euforia.

—¡Lo sabía! El lugar reúne todas las condiciones.

En la base de los peñascos, libre de obstáculos y vigilancia, se abría prometedora una garganta en la piedra.

—¡Pues tenías razón! ¡Y pensar que por aquí podemos colarnos hacia el laberinto sin «Contrato de exploración», ja, ja, ja! —Fulgencio, con su sonora carcajada, había descuidado sin darse cuenta la necesaria prudencia.

—¡No levantes la voz! Vamos dentro. Todavía está por ver si esto es una cueva ciega o si se prolonga hacia el subsuelo. —Deep ardía en deseos de efectuar la comprobación.

Mientras sus compañeros atisbaban el interior, Nathaniel no había dejado de mirar en torno, sospechando aún de la aparente quietud que lo envolvía todo.

—Antes de entrar ahí, conviene cerciorarse de que no hay nadie por los alrededores. Desde aquella pequeña cima podré divisar una cierta extensión. Vuelvo en seguida. Mientras, ocultaos en el umbral y permaneced atentos a cualquier señal que os haga.

Norbert y Fulgencio aprobaron la sensata precaución de Nathaniel y permanecieron a la espera mientras éste se alejaba; pero su impaciencia era muy grande: creían tener el secreto del laberinto casi al alcance de la mano.

Por el contrario, Nathaniel estaba muy receloso. Las facilidades encontradas hasta entonces en la incursión se le antojaban de doble filo.

«La calma es, a veces, el ropaje que disfraza una encerrona», se repetía al dirigirse al observatorio elegido, como si el solo hecho de pensarlo obrase de amuleto protector.

De todos modos, el peso del mal presagio no lastró su marcha. Al poco tiempo se había encaramado hasta lo alto de las peñas que, sin dejar de ocultar su presencia, le permitían divisar una amplia zona del pétreo paisaje.

Ninguna forma humana apareció en su campo de visión. Algo, sin embargo, atrajo su mirada: a no mucha distancia, un arcón metálico, pintado con las siglas de la Compañía, semioculto entre las rocas, yacía abandonado.

«Aunque dentro cabe un hombre, no creo que ningún agente de Kazatzkian utilice el baúl como garita de centinela —se dijo, bromeando—. Ni tampoco tiene aspecto de ser el camuflaje de una carga explosiva. Pero seguramente lo han dejado aquí por algo, no estaría de más averiguar cuál es su contenido. Aunque, claro, si luego resulta que está vacío...»

Maris trataba de convencerse de que no merecía la pena arriesgarse. Pero ante la posibilidad de que el arcón contuviese algo revelador o útil para sus planes no quiso desistir. En los dominios del presidente de Tökland cualquier cosa podía ser una pista, un vestigio que ayudase a encontrar vías de acceso.

Mediante un lenguaje de muecas y gestos que todos ellos conocían muy bien, Nathaniel indicó a sus dos compañeros que no había motivo de alarma a la vista. A continuación, les hizo saber que iba a efectuar una pequeña pes-

quisa que le llevaría tres o cuatro minutos a lo sumo.

Norbert y Fulgencio asintieron por el mismo procedimiento, recomendándole prudencia. A sus espaldas, la oscuridad de la cueva seguía tentándoles. Sus deseos de explorarla cuanto antes crecían a cada instante y no pudieron resistir la llamada de una incógnita tan pronta a despejarse. Se adentraron unos pocos metros en el túnel descendente, ansiosos, los dos al mismo tiempo...

Posiblemente, una patrulla experta en invasiones no hubiese incurrido en tal error. Pero ellos, ilusionados perseguidores de secretos, ejecutores de una acción improvisada, lo cometieron.

Coincidiendo con un trueno terrible, penúltimo emisario de la tormenta, un gran estrépito de rocas que se desplomaban los sobrecogió. De haber sido posible, se hubiese oído una carcajada triunfal entre el fragor de las piedras y los elementos. En un abrir y cerrar de ojos, la pequeña entrada de la galería quedó obstruida por rocas de gran tamaño.

Fulgencio, a la desesperada, trató de apartarlas. Pero sólo diez o doce hombres corpulentos, empujando al unísono, habrían podido moverlas.

—¡Maldita sea! ¡Estamos atrapados! —exclamó Fulgencio.

—Alguien ha provocado un alud desde el exterior. Los hombres de la Compañía nos han descubierto —concluyó lúgubremente Norbert.

—Si Nathaniel, alertado por el ruido del desprendimiento, viene hacia aquí, estará indefenso ante ellos —pronóstico Fábregas.

—El estallido del trueno no le habrá permitido oír nada. Pero da igual. Caerán sobre él de todos modos. —Norbert habló con la amarga clarividencia de quien se cree perdido sin remedio.

—Nada podremos hacer para ayudarle, ¡ni dar la alarma siquiera! —Fulgencio se revolvía, furioso en su impotencia.

—Quédate aquí por si oyes algo. Mientras, voy a comprobar si esta madriguera conduce a alguna parte, aunque, después de lo ocurrido, mucho me temo que no.

Fulgencio permaneció al acecho, pegado al muro de piedras. Norbert se fue hacia el fondo en busca de la respuesta.

En el exterior, Maris, ignorante de todo cuanto había ocurrido, se disponía a abrir con gran cautela el enigmático arcón metálico. Absorto en la operación que iba a realizar, no pudo darse cuenta de que a sus espaldas, muy cerca ya, una silueta amenazadora y furtiva, la que antes había soltado la victoriosa risotada, se aprestaba a acabar definitivamente con las últimas esperanzas de los desembarcados.

LA INQUIETANTE DECISIÓN
DE ANASTASE KAZATZKIAN

Entretanto, la situación en el *Dedalus* se había hecho insostenible. Las continuas llamadas a Cornelius seguían sin obtener el menor eco. La furia desatada del mar tempestuoso amenazaba con hacer zozobrar la embarcación en cualquier momento. Isidor de Malivert no había regresado. Los del yate pensaron que el violento oleaje había imposibilitado su retorno, obligándole a sumarse al grupo de desembarco. De la suerte que éste había corrido nada podían saber: la celeridad de la puesta en práctica del plan de emergencia no había permitido la adaptación de nuevos suplementos a las frecuencias del transmisor principal. Estaban incomunicados con Tökland.

En aquel momento crítico, inesperadamente, Minos sintonizó un boletín de noticias de última hora que estaba siendo emitido por Radio Dondrapur, en su programación oficial.

«... habiéndose producido el comunicado de forma sorprendente. La Compañía Arrendataria de la Superficie y Subsuelo de la Isla de Tökland ha anunciado hoy a las cinco de la tarde que Anastase Kazatzkian, su presidente, acuciado por imperiosas motivaciones, se había visto obligado a clausurar el concurso internacional que bajo sus auspicios se venía celebrando. El monumental premio en metálico quedará, pues, sin destinatario, al haber sido declarado desierto. Como consecuencia de todo ello han cesado las pruebas de selección y la admisión de candidatos. Los que habían ganado su derecho a participar y esperaban embarcar esta noche, jamás irán a Tökland.

»Inmediatamente después de haberse difundido la nota de la Compañía, sus oficinas en

Dondrapur han sido desmanteladas y cerradas. Los individuos que en ellas prestaban sus servicios han desaparecido, ignorándose su paradero.

»Por esta razón, no nos ha sido posible completar la noticia con más datos. Se desconoce hasta el momento cuál será la actitud del Gobierno con respecto a la permanencia en Tökland del observador permanente o en relación con otros aspectos de este caso.

»Nuestra emisora permanecerá en continua alerta. De cuantos nuevos detalles tengamos conocimiento, informaremos puntualmente.»

—¿Os dais cuenta? —exclamó Valentina Marculova—, ¡la hora del mensaje de la Compañía coincide casi exactamente con el momento en que Cornelius dejó de comunicarse con nosotros!

—La poderosa tenacidad de Kazatzkian sólo puede haber sido quebrantada por algo imprevisto que él no puede controlar. —Marlene se aplicaba intensamente a la interpretación de los actos del presidente—. ¡Algo grave tiene que haber ocurrido!

En aquellos momentos, una ola colosal lanzó el *Dedalus* a varios metros por encima del encrespado océano, precipitándolo después en un abismo de aguas espumantes. Milagrosamente, el yate no volcó, pero sus tripulantes rodaron por el suelo hasta que consiguieron encontrar un asidero firme.

Aquél había sido, tal vez, el último aviso de un mar dispuesto a engullirlos para siempre. Entre el fragor que presagiaba un maremoto, los cuatro empapados marineros, escupiendo agua, llegaron al rápido acuerdo que las circunstancias imponían.

—Si antes no nos vamos a pique, podremos refugiarnos en el fondeadero —gritó Manzoni—. Una vez en la isla, veremos qué se puede hacer.

—Sí, claro, nos recibirán con los brazos abiertos: en lugar de cena, nos darán merienda. Tomaría cinco litros de agua salada, antes que pro-

bar los manjares de Mr. Kazatzkian. —Minos parecía temer más a la gente de Tökland que a un océano ávido de naufragios.

—Aunque no hubiese tempestad, tendríamos que ir de todos modos —puntualizó Marlene, aferrada a unas cuerdas—. La suspensión del concurso y el silencio de Cornelius lo cambian todo.

—Seguramente necesita ayuda con urgencia. Es preciso intervenir, antes de que sea demasiado tarde, aunque con ello descubramos todo nuestro juego. —Valentina había dado la consigna final, la única posible.

Y así, aquellos apasionados investigadores, llegados al Índico con la ilusión de aplicar la deducción científica y la intuición imaginativa al caso más extraño que habían conocido, reducidos a una desesperada lucha por la supervivencia, emprendieron su pugna con las aguas con la esperanza de no morir ahogados y evitar, al propio tiempo, que la aventura de Berzhot acabase de forma dramática.

Pero el temporal, en el cenit de su furia, erigía mil trampas entre ellos y su objetivo.

En aquellos precisos momentos, en su gabinete del campamento, Anastase Kazatzkian, sintiéndose derrotado por fuerzas incontrolables, se había entregado a una febril labor de destrucción.

Su cuerpo extenuado, haciendo acopio de energía, parecía preparar la última batalla de su vida. En una hoguera que peligrosamente se agrandaba, estaba arrojando todos sus planos, escritos y documentos.

En el exterior, varios de sus hombres, cuyo aspecto resultaba ahora más patibulario que nunca, desconcertados y coléricos, discutían a grandes voces, sin decidirse a intervenir.

Dentro, sofocado por el calor y por el humo, el gigantesco y flaco presidente, sin interrumpir su acción, murmuraba amargamente, casi sollozando, frases inacabadas:

—... si llega el temible momento, el amanecer imposible, el día de infinita transparencia, que sea de repente, sin previo aviso, sin temores ni padecimientos...; acaso todo siga como siempre durante algún tiempo más, sin el espanto de la duda...

Su rostro ya no experimentaba repentinas mutaciones. Tenía la permanente expresión de un anciano en el límite de sus fuerzas.

—... todo está ya perdido, hice todo cuanto pude, pero no bastó... Cornelius Berzhot era mi mejor y última esperanza...; ahora tengo la certeza, la cruel y mortificante certeza de que nunca llegará hasta allí...

Concluida la quema de documentos, Kazatzkian se acercó a la puerta, tratando de escapar de aquella atmósfera irrespirable.

—... podía haber sido el más bello momento de la historia, el día de la confirmación de nuestro mundo...; podía...

Cuando estaba a punto de alcanzar la salida, ésta quedó repentinamente bloqueada: los hombres que habían estado discutiendo, en clara actitud de sublevación, le cerraban el paso.

Se destacó uno, enardecido y desafiante. No llevaba, como los demás, mono de trabajo. Vestía un uniforme militar, abierto y descuidado, con las estrellas de coronel del ejército de Dondrapur. Se notaba bien a las claras que se había alzado como cabecilla de la rebelión. Ásperamente, increpó a Mr. Kazatzkian:

—¡Basta ya de extravagancias y fingimientos, viejo zorro! No estamos dispuestos a continuar con esta representación ni un instante más. Deje de hacerse el loco y díganos de una vez a qué ha venido a Tökland, o de lo contrario...

Su tono era amenazador. No bromeaba. Los restantes individuos, en silencio, secundaban la agresividad del militar.

Sorprendentemente, Anastase Kazatzkian pudo sobreponerse de su visible desfallecimiento y hablar con voz atronadora por encima de las bravatas del exasperado caudillo.

—Comprendo, en parte, la deslealtad de mis hombres; pero usted, maldito idiota, es el único que no tiene ningún derecho a exigir nada. Trá-

guese su lengua de ponzoña, ¡traidor! —La respuesta estaba siendo restallante como un látigo—. Su gobierno no le ha destacado aquí para alentar motines sin sentido, *¡señor observador permanente!* Sólo tiene que controlar la marcha del arrendamiento, y en eso no ha habido vulneración alguna. De modo que... ¡atrás!

Aunque sorprendido por la contundencia de la réplica, el provocador todavía vociferó un ultimátum.

—¡Ésta es su última oportunidad! ¿Qué diablos quiere sacar de la isla? ¿Hay aquí yacimientos ocultos? ¿Tesoros enterrados? ¿Minerales de valor incalculable? Sea lo que sea, dígalo de una vez. No va a salirse con la suya, queremos nuestra parte. Hable, ¡o le mato aquí mismo!

Un escalofrío circuló entre los amotinados: Kazatzkian había estallado en terribles carcajadas.

—¡¡¡Ja, ja, ja!!! ¡Yacimientos, tesoros, minerales...! Torpe majadero, no has comprendido nada. No tienes ni la más remota idea de lo que

se oculta en esta isla. Nunca lo sabrás. Y, aunque lo supieses, triste conspirador, jamás podría ser presa de tus ansias de rapiña... Pero no perdamos más tiempo en canalladas, y empecemos el último acto de esta magna ópera trágica. Tu misión en Tökland ha concluido. ¡¡Apártate de mi vista!!

Ante la sorpresa de todos, Mr. Kazatzkian propinó al coronel tal empujón que lo derribó.

Cuando, desde el suelo, el corrompido embajador quiso reaccionar desenfundando su revólver, los hombres del presidente, subyugados por la arrebatadora energía de su jefe, lo desarmaron y redujeron.

Mientras, en el barracón, la hoguera se había extinguido sin propagarse.

Fuera, la insurrección se estaba debilitando. Mr. Kazatzkian aprovechó la tregua para imponerse de nuevo a su gente.

—Ésta va a ser la última de mis órdenes, y es tan cierto como que el mundo existe que todos vosotros vais a cumplirla. Tenemos que lograr, si todavía llegamos a tiempo, que Cornelius Berzhot salga con vida del laberinto. ¡No puedo permitir que esta isla maldita destruya al mejor de cuantos en ella se han aventurado! ¡Vamos!

HACIA LA SIMA PROFUNDA

Según todos los indicios, Isidor de Malivert ya debía de haberse convertido por aquel entonces en uno más de los ahogados que a lo largo de los siglos han sucumbido al ímpetu de los mares.

Su situación llegó a ser tan sombría y sin esperanza, que en los momentos más difíciles de su peripecia casi llegó a convencerse de que el adiós a la vida se le haría inevitable. Sus magníficas facultades de investigador criminal de nada le valían en la tempestuosa soledad oceánica en que se encontraba.

Poco después de haber dejado a sus compañeros en plena escalada, tuvo que convencerse de que la fiereza del mar no le permitiría llegar hasta el *Dedalus* sano y salvo. Entonces trató de acercarse de nuevo a los acantilados con la intención de alcanzar al equipo de desembarco. Pero era demasiado tarde también para ello. Estaba totalmente a merced del oleaje.

La frágil embarcación que tripulaba, zarandeada sin cesar por el empuje de la fuerte marejada, había sido arrastrada en poco tiempo a considerable distancia de su objetivo, aunque sin alejarse de la costa. Su pistola de señales había quedado inservible. El agua que entraba en la barca por los cuatro costados hizo una pasta de la pólvora. No podía indicar su posición al *Dedalus.* Además, tenía que dedicar todas sus energías a paliar la inundación, conjurando mientras fuese posible la amenaza de hundimiento.

Cada vez que alzaba la cabeza para ojear el entorno, veía la costa, erizada de escollos y peñascos, a menor distancia.

«¡Sólo una súbita bonanza, imposible a estas alturas, podría evitar que me estrellase contra los arrecifes!», pensó Isidor lúgubremente.

En efecto, las cosas se presentaban mal, muy

mal. Si se lanzaba al agua, no tardaría en ser succionado por algún remolino. Si permanecía en el bote y lograba que éste no naufragara, cosa muy difícil, se iría aproximando irremediablemente a los acantilados hasta que un golpe de mar lo catapultase contra las rocas, destrozándolo.

«Me dejaré llevar y, cuando esté a pocos metros de la isla, saltaré. ¡Algún peñasco habrá al que pueda agarrarme!», Malivert se hizo este valeroso propósito, pues, mientras viviese, nunca se daría por vencido. Siguió luchando, firme en la barca, achicando agua, ya a pocos metros de la línea de los escollos. Pero cuando llegó el terrible momento del salto se dio cuenta de que su coraje flaqueaba y quiso seguir conservando bajo los pies, por un segundo más, la oscilante madera de la barca, condenada quizá a ser muy pronto un astillado y simbólico ataúd.

Y, por un capricho del azar, esa postrera indecisión fue lo que lo salvó.

Isidor, por instinto, cerró los ojos en espera del inevitable choque. Después de ser empujado

brutalmente por el oleaje, advirtió, incrédulo y confuso, que la tempestad había amainado: su bote recuperó una cierta estabilidad. El fragor de la galerna se distanciaba y el azote del vendaval que había estado amenazando con derribarlo cesaba casi por completo.

—¿Será esta calma la del otro mundo? —murmuró mientras abría los ojos con aprensión.

La noche había caído a su alrededor: no consiguió ver nada. Al momento, advirtió a sus espaldas una tenue entrada de luz. Entonces empezó a darse cuenta de lo que había ocurrido. En lugar de perecer aplastado contra las rocas, había tenido la inmensa suerte de ser empujado por el temporal al interior de una gruta marina que se abría en la base de los acantilados.

Inmediatamente, algo que hasta ese momento había carecido de valor cobró una decisiva importancia. Al cinto, enfundada en una hermética funda de plástico, llevaba la linterna. Comprobó su estado: funcionaba. Así pudo ver que se encontraba en una especie de lago interior, que se comunicaba con el mar rugiente.

Aunque los remos habían desaparecido durante la travesía, impulsándose con los brazos pudo avanzar por la cueva inundada. A no mucha distancia, las aguas morían en una ensenada de piedra que se ramificaba en diversos túneles naturales, hacia el interior subterráneo de la isla. En pocos minutos, consiguió llegar hasta allí y poner pie en suelo firme después de tantas zozobras. El dramático episodio concluía felizmente. Loco de contento, Malivert pensaba: «¡Vaya situación inesperada! Aquí estoy, infiltrado en Tökland, a cubierto de guardianes y centinelas malcarados. ¿Y si resulta que a través de estos túneles puedo llegar al interior del laberinto? Si continúo con la suerte de cara, todo es posible.»

Y así, quien momentos antes era firme candidato a una muerte anónima en el océano, se encontraba ahora en una situación acaso privilegiada que le podía permitir ser el primero de los conjurados del *Dedalus* que llegase junto al enmudecido Cornelius Berzhot y ante la faz secreta del gran misterio del laberinto.

Sin dejarse impresionar por el tenebroso aspecto del subsuelo, emprendió, resuelto y temerario, la segunda parte de su aventura personal. Como recurso de emergencia, dejó la barca en la ensenada. Sin embargo, fuera, la demencia del mar, en su ciega búsqueda de víctimas, cortaba la posible retirada.

Para los tripulantes del *Dedalus*, tampoco las cosas estaban resultando fáciles.

El achacoso yate, vapuleado por las bárbaras arremetidas de los elementos, había podido cubrir una buena parte de su ruta hacia el fondeadero gracias a la pericia intuitiva de sus cuatro animosos tripulantes. Pero el castigo de la tempestad estaba siendo tan incesante que las posibilidades de navegación de la nave decrecían a cada instante: estaba herida de muerte en su línea de flotación.

Sólo tres millas los separaban del ansiado

embarcadero, pero salvar esa corta distancia iba a resultar una proeza inalcanzable: con el casco resquebrajado y los motores exhaustos, se irían a pique sin tardanza.

El único bote disponible se había utilizado en la primera operación de desembarco y lo daban por perdido. Los escuálidos salvavidas de que disponían de nada podrían servir ante las dimensiones del oleaje.

Entonces, como un regalo del destino, apareció en la inmediata lontananza la silueta salvadora.

Una de las motonaves de la Compañía, sin duda arrebatada del fondeadero por la agitación del mar, se aproximaba a ellos velozmente, zarandeada por las aguas, con las luces apagadas y sin tripulación.

—¡Mirad! Hay que intentar el abordaje como sea. —Minos Tachter, crecido ante la gravedad de las circunstancias, había superado su miedo. De ser el más timorato, pasó a capitanear la audacia de todos.

La ocasión se presentaba propicia, pues, por un raro efecto del viento, la motonave se les acercaba de costado.

—¡Si no la agarramos, pasará de largo! —vociferó Manzoni hecho un manojo de nervios.

Todos se daban cuenta de que tenían la salvación al alcance de la mano. Pero se imponía actuar con rapidez.

En un santiamén, las dos mujeres de a bordo entregaron a sus compañeros las anclas que serían utilizadas como garfios de amarre.

Llegó el instante oportuno. La motonave estaba tan sólo a cinco metros, pasando veloz en su loca carrera a la deriva. Minos y Pier Paolo, al unísono, lanzaron las áncoras. La de Manzoni no alcanzó su objetivo. La arrojada por Tachter se afianzó en la barandilla metálica de la presa y su cuerda quedó tensa.

A consecuencia del enganche y del impulso de una gran ola, las dos embarcaciones chocaron. La colisión fue considerable, más de lo que el *Dedalus* podía ya soportar: nuevas vías de agua lo hicieron ladearse de inmediato. Pero lo esencial se había conseguido.

Minos, con agilidad simiesca, atrapó el extremo de una escalerilla de cuerda y madera que pendía a babor de la motonave capturada.

—¡Demonios, esto es más difícil que cazar ballenas! —exclamó Marlene, a grandes voces, con el júbilo de quien se sabe a punto de superar un difícil trance.

Entre todos sujetaron la escalerilla a la cabina del *Dedalus* para que éste, antes de hundirse, prestase su último servicio: tensar la escala y convertirla en improvisada pasarela. La motonave, apenas castigada por la tempestad y mucho más resistente que el viejo yate de nuestros amigos, había salido casi indemne del encontronazo.

Cuando los cuatro estuvieron a bordo de la unidad de la Compañía, soltaron en seguida el ancla de abordaje para evitar que el *Dedalus*, en su naufragio irremediable, acabase por hacerles volcar.

Con la emoción que produce la pérdida de

un fiel y esforzado camarada, contemplaron cómo las aguas engullían la postrera gallardía de una embarcación que, concebida y equipada para más mansas aguas, no había podido resistir la súbita fiereza del Índico. Luego, a trancas y barrancas, hostigados por el caos huracanado, se hicieron con el control de la motonave. Los motores funcionaron. Tenían, al fin, posibilidad de llegar hasta el fondeadero.

—Por lo menos, Kazatzkian va a tener algo que agradecernos: le devolveremos intacta esta barcaza. Sin nosotros, no le habría quedado otro remedio que olvidarse de ella. —Minos, pilotándola, estaba más contento que un niño con juguete nuevo.

—No te fíes —respondió Marlene bromeando—. ¡Igual nos llama piratas!

No sin apuros, pues el temporal continuaba, enfilaron la bocana del amarradero. Dentro, el oleaje no era tan furioso. En seguida vieron con alivio que ninguno de los hombres de la Compañía montaba guardia allí. El pequeño puerto natural estaba desierto y, como parecía ser norma, un todoterreno cobijado bajo una lona, apenas visible en la creciente negrura, aguardaba a los viajeros.

Atracaron, venciendo las últimas dificultades, y dejaron la embarcación tan sólidamente amarrada como pudieron, para impedir que de nuevo fuese arrebatada por las olas.

—¿Quién sabe si dentro de unas horas dependerá de esta embarcación nuestra última posibilidad de huida? —auguró Valentina.

—¡Ah, eso sí que no! —replicó Minos con viveza—. Mientras el temporal no acabe, que no me busquen en el mar. Comparados con las olas gigantes, los tipos de la Compañía me parecerán inofensivos.

Minutos más tarde, estaban los cuatro en el vehículo, calentando el motor.

—Y, ahora, ha llegado el momento del todo por el todo: ¡hacia el campamento! —dijo Manzoni al arrancar.

Y así, sin tener ni la menor idea del desenlace

que iba a deparar la historia de la Compañía Arrendataria, sin saber nada de la suerte que habían corrido sus restantes compañeros, se adentraron en Tökland, dominio supremo del misterio y baluarte del soñado laberinto.

La sombra que había estado acechando a Nathaniel Maris, conocedora de los accidentes del terreno, se movía con perfecto sigilo. Sólo un sexto sentido, la repentina intuición de una presencia hostil, hizo que Maris se volviese con rapidez, justo a tiempo de sorprender la acometida.

Al quedar ambos hombres cara a cara, sus rostros traslucieron una misma emoción: la de la sorpresa.

—¡Yuri Svanovskia! —exclamó Nathaniel como si reaccionara ante la aparición de un fantasma.

—Pero, usted, entonces...; sí, claro, aquel día, en el campamento: ¡usted estaba en el barracón de Kazatzkian!

—Sí, esperando el momento de meterme

bajo tierra y probar fortuna en el laberinto. Hace ya casi un mes. Nos miramos un momento, pensé que estaba usted deseando abandonar el islote cuanto antes. Por eso, al no haber luego pruebas de su regreso a Dondrapur, creí que le había ocurrido algún percance.

—Entonces, ¡usted es el periodista que armó tanto revuelo con lo de mi desaparición! —dijo Svanovskia con vivas muestras de simpatía y olvidando ya todo recelo—. Cuando antes observé su desembarco, les tomé por los facinerosos llamados por el coronel Bongkar. ¡Qué gran error habría cometido al golpearle, amigo!

Diciendo estas últimas palabras, dejó caer al suelo el pesado martillo de picapedrero que blandía como arma.

—¡Yuri Svanovskia! —repitió Nathaniel todavía maravillado—. Luego, yo estaba en lo cierto al sospechar que...

Sin dejarle concluir, el campeón mundial de ajedrez asaltó a Maris con un torrente de preguntas.

—¿Por qué ha regresado usted a Tökland? ¿Quiénes son los que le acompañan? ¿Cuánto tiempo estuvo en el laberinto? ¿Hizo algún descubrimiento decisivo? ¿Cuáles son sus planes?...

Nathaniel comprendió en seguida que aquel encuentro podía resultar providencial. Sin duda, Svanovskia estaba en perfectas condiciones físicas y mentales a pesar de su aislamiento en el islote y, probablemente, enterado de muchas cosas que ellos ignoraban. Refrenando sus deseos de ser el primero en preguntar, y sin desconfianza alguna, satisfizo la comprensible avidez del gran ajedrecista.

De forma escueta, pero sin olvidar nada sustancial, le habló de todas sus conjeturas, de la rendición estratégica decidida en el laberinto, de la acción combinada Cornelius Berzhot-*Dedalus*, de las razones del precipitado desembarco y de los objetivos que perseguían.

El reaparecido personaje escuchó con gran interés, dando frecuentes muestras de aprobación. Cuando Maris se disponía a iniciar su turno de preguntas, cayó en la cuenta de que Deep y Fábregas no daban señales de vida.

—Deberíamos reunirnos cuanto antes con mis dos compañeros. Estarán inquietos por la tardanza. Es extraño que no hayan venido en mi busca.

—Me temo que no están en condiciones de hacerlo. Han caído en una de las trampas que preparé con la esperanza de dejar fuera de combate a los secuaces de Bongkar. No va a ser fácil sacarlos de allí. Pero será mejor ir en seguida a explicarles lo sucedido. ¡Vamos!

Svanovskia y Maris empezaron a desandar el camino recorrido. Por la aparente soledad de los alrededores, se habría dicho que ellos eran los dos únicos pobladores de un islote de maleficio. El fuerte viento los obligaba a andar lentamente, encogidos y con suma precaución. Aun así, el diálogo pudo continuar durante la marcha.

—¿Coronel Bongkar? ¿Es un seudónimo de Kazatzkian? —inquirió Nathaniel.

—No. Es el observador permanente del Esta-

do de Dondrapur. A espaldas de su gobierno espera apoderarse de ciertas fabulosas riquezas que él cree ocultas en Tökland. El muy ruin es incapaz de imaginar que los móviles secretos del presidente puedan ser de otra índole. Sólo sueña con pillajes, saqueos y contrabando. Está provocando la insubordinación de los hombres de la Compañía para que lo ayuden a presionar a Kazatzkian. Pero a ellos también se propone traicionarlos. Si lograse hacerse con el imaginario cargamento, escaparía con la ayuda de unos cómplices cuya llegada espera. Creo que, para huir con el botín, sería capaz de provocar una matanza. Pero no sucederá tal cosa: estoy convencido de que no existe ningún botín.

—¿Kazatzkian no ha denunciado a Bongkar ante el gobierno de Dondrapur?

—No, la situación es grave, muy grave, y no puede entretenerse en eso. Además, la llegada de investigadores gubernamentales podría complicar mucho las cosas y desbaratar las últimas posibilidades de que todo llegue al final que él desea. Sin duda, Kazatzkian prefiere hacer frente a la rebelión antes que provocar una intervención oficial que no conviene a sus planes.

Norbert y Fulgencio, después de haber comprobado que la gruta no tenía ninguna otra salida al exterior ni prolongaciones hacia el subsuelo, esperaban ansiosamente a que Nathaniel regresara.

Cuando los dos protagonistas del inesperado encuentro llegaron ante la cueva condenada, dieron a conocer a los prisioneros la realidad de la situación. Éstos, desde su mazmorra, expresaron un cierto júbilo: habían llegado a temer un desenlace funesto.

—Sólo existe un medio de liberar a sus amigos y vamos a emplearlo: ¡la dinamita! —sentenció Yuri Svanovskia.

—Pero la explosión alertará a Bongkar y a los hombres de la Compañía —objetó Maris.

—Poco importa ya. Creo que la escena final está tan cercana que no va a dejarles tiempo de ocuparse de nosotros. Además, la isla está repleta de túneles y grutas. Fácilmente hallaremos escondrijo si nos persiguen.

—¿Conducen esos túneles al interior del laberinto? —preguntó Norbert a través de la muralla de piedra.

—Algunos sí. Pronto podrán ustedes comprobarlo si deciden acompañarme. Venga conmigo, Maris. Cerca de aquí hay un almacén de la Compañía en el que todavía quedan cartuchos en buen estado, sin vigilancia de ninguna clase. Necesitaremos unos cuantos.

La tormenta continuaba desparramando oscuridad por Tökland y se cernía sobre el islote como una masa de inmensa densidad contra la cual ni el viento huracanado ejercía poder alguno. Pero, por una ciega clemencia del azar, la descarga no se había producido todavía.

—Debemos apresurarnos. Cuando caiga el diluvio que se prepara, no habrá forma de prender las mechas —urgió Svanovskia.

Mientras iban en busca de las cargas, a grandes voces, para hacerse oír entre los aullidos del viento, el genio del ajedrez le refirió a Nathaniel Maris lo más esencial de sus andanzas y descubrimientos durante aquellas semanas de voluntario exilio en Tökland.

—Yo también pensé, cuando estuve en el laberinto, que el extraño museo de enigmas encerraba algún secreto acerca del cual Kazatzkian no quería o no podía dar indicaciones. Llegué hasta el lago de los templos sumergidos, pero, la verdad, no supe continuar. Mi abandono fue obligado, no estratégico. Pero me resistía a salir del islote con la partida perdida. Me condujeron fuera para expulsarme de Tökland. Fue entonces cuando nos vimos fugazmente. En aquellos momentos yo tramaba ya la forma de permanecer cerca del gran misterio, pero tenía que esperar el momento propicio. A la salida del campamento me cambiaron de vehículo. La vigilancia era estrecha. Luego, condujeron a gran velocidad, parecían tener prisa. Saltar en marcha habría sido una locura.

Al llegar al embarcadero comprendí que sólo tenía una posibilidad: escapar a pie. Y así lo hice. Aproveché un descuido de los tripulantes mientras preparaban la motonave para la travesía. Cuando se dieron cuenta, yo todavía estaba muy cerca, pero en aquella zona hay tal cantidad de posibles escondrijos que no pudieron dar conmigo. Además, no estaban preparados para hacer frente a aquella eventualidad. Tenían instrucciones para casi todo, pero la fuga de un concursante no estaba prevista. Cansados de buscarme sin éxito, cometieron el error de ir a dar la alarma al campamento. Esto me permitió penetrar más en la isla y encontrar mejores lugares para ocultarme. Durante las siguientes horas me buscaron desesperadamente. Por fortuna, no disponen de perros: éstos me habrían descubierto fácilmente.

Svanovskia interrumpió su relato un segundo y continuó.

—Sin duda, a Kazatzkian le inquietaba tener a un huésped incontrolado husmeando por la isla. Pero la búsqueda no podía prolongarse mucho. La Compañía no contaba con hombres suficientes para efectuar permanentes rastreos por todo el islote sin desatender el mantenimiento del laberinto y las operaciones de recepción y control de exploradores. Al atardecer, los efectivos lanzados en mi persecución disminuyeron mucho. Al cabo de seis o siete días, la caza cesó por completo. Estoy convencido de que pensaron que me había despeñado por algún barranco. La Compañía se propuso silenciar el hecho y negar toda responsabilidad. Luego, me amenazó el hambre. En esta isla no hay animal, vegetal o raíz al que hincarle el diente. Pero estoy acostumbrado a subsistir en condiciones perentorias. Siempre me retiro a lugares inhóspitos, bajo regímenes alimenticios severísimos, cuando preparo los campeonatos. Esto me da una extraordinaria claridad mental durante los entrenamientos.

Nathaniel pensó que, aun así, le habría sido muy penoso sobrevivir en la isla.

—Como de costumbre, oculta en el cinturón —prosiguió el ajedrecista— llevaba una abundante reserva de píldoras vitamínicas y proteínicas, semejantes a las que toman los astronautas. Después descubrí que una rara especie de aves anida fugazmente en Tökland, sólo lo indispensable para poner sus huevos. Luego huyen y los abandonan, como si ésta fuese una tierra maldita en la que su instinto no les aconseja quedarse ni siquiera para empollar. Esos huevos, realmente exquisitos, han sido mi complemento alimenticio natural. Para beber no he tenido ningún problema: el agua de lluvia perdura en muchas concavidades de las rocas.

Al oír aquello, Nathaniel entregó en seguida a Svanovskia una parte de sus provisiones: queso, galletas de marinero, dátiles y almendras tostadas. El campeón mundial, después de tantos días sin probar bocados normales, masticó con deleite los sabrosos manjares, aunque sin detenerse ni aminorar la marcha.

—En nuestras circunstancias, esto es casi un

271

lujo y se agradece —dijo Yuri comiendo a dos carrillos—. Cierto es que he pasado penalidades, pero, desde que dejaron de buscarme, he gozado de una gran libertad de movimientos, mucho mayor de lo que habría podido imaginar: ¡incluso he hecho incursiones en el campamento sin que se dieran cuenta!

El vendaval, aullando todavía con más fuerza, los obligó a callar. Siguieron avanzando sin detenerse. Unos minutos más tarde, Svanovskia, levantando mucho la voz, dijo:

—Ya hemos llegado. Están en aquella gruta.

Había oscurecido ya casi totalmente. Pero, por prudencia, no encendieron las linternas hasta hallarse en el interior. Una vez allí, tomaron diversos cartuchos, mechas y bengalas. Inmediatamente iniciaron el camino de regreso. Nathaniel, aprovechando que el fragor del viento había disminuido, pegado a Svanovskia para poder oír, no le daba tregua con sus preguntas.

—¿Penetró usted en el laberinto por alguno de los accesos intermedios?

—Sólo lo justo para saber cuáles eran los conductos que conducían a él. El paso definitivo, el avance hasta su corazón, es la acción definitiva que me proponía emprender cuando los avisté a ustedes.

—Y en el campamento, ¿qué descubrió?

—Pude examinar los documentos de Kazatzkian. Todas las tardes el presidente iba al laberinto con varios de sus hombres y en el campamento no quedaba casi nadie. Por desgracia, sus escritos están redactados en clave y no me fue posible descifrarlos. Sin duda, lo hacía así para ponerse a cubierto de las indiscreciones de sus hombres y del espionaje sistemático a que lo sometía el coronel Bongkar, abusando de sus prerrogativas. Allí había también gran cantidad de libros y manuscritos antiguos, muy manoseados; pero yo no entiendo gran cosa de bibliografía y, además, no disponía de tanto tiempo como para dedicarme a hojearlos todos en busca de algún indicio que me abriera los ojos.

»De todos modos, he podido llegar a varias

273

conclusiones que sostengo con firmeza. Primero, está fuera de toda duda que Kazatzkian emprendió la aventura del laberinto por alguna razón que él considera trascendental y que no ha sido revelada a ninguno de sus colaboradores ni, mucho menos, a los concursantes-exploradores. En segundo lugar, no es Bongkar el único bandido que acecha en Tökland. La mayor parte de los individuos de la Compañía son maleantes que se avinieron a enrolarse por poco sueldo a las órdenes de Kazatzkian y a secundar sus aparentes locuras, trabajando duramente en la transformación del subsuelo, con la esperanza de saquear al final los hipotéticos tesoros que el presidente estuviese buscando. En tercer lugar, conozco en detalle las maquinaciones de Bongkar porque, providencialmente, sorprendí un mensaje que transmitía a sus secuaces de Dondrapur. Cuando él, haciendo un uso fraudulento del equipo de transmisiones que su ministro del Interior le había facilitado, llamó a los canallas de su banda, yo estaba al pie de la ventana de su barracón, acechando. Por suerte, se dirigió a ellos en inglés y no se me escapó palabra. Pero la mayor gravedad de todo el asunto radica en que una parte del laberinto puede desmoronarse de un momento a otro.

—¡Cornelius está ahí dentro! ¿Qué ha provocado el peligro de hundimiento? —preguntó Nathaniel con el corazón en un puño.

—Kazatzkian es un genio de la escenografía, pero sus conocimientos de ingeniería de minas son muy escasos. Él creía contar con técnicos en voladuras subterráneas entre los hombres que contrató, pero le habían mentido para meterse en la Compañía. Ahora están todos muy nerviosos: temen que el tesoro quede sepultado e inaccesible para siempre. Lo cierto es que el presidente, entusiasmado por la grandeza de su proyecto y engañado por la incompetencia de sus hombres, ordenó la ejecución de numerosas explosiones subterráneas para adaptar el laberinto natural a las exigencias de entrada e instalación de materiales. Esto debilitó la estructura del subsuelo hasta tal punto que, a diario, se producen pequeños desprendimientos. Hasta ahora, la gran estructura principal ha resistido; pero creo que bastaría un leve movimiento sísmico para que la parte central, la más profunda, se derrumbara estrepitosamente.

—Pero, entonces, el secreto del laberinto quedaría sepultado para siempre —dijo Maris.

—Y mucho me temo que eso es lo que va a ocurrir. En esta estación los temblores de tierra, aunque suaves, son frecuentes en esta zona. La gran tempestad que se ha desatado en el océano es un indicio de que el peligro es inminente. Kazatzkian, sin duda, lo sabe. ¿Cómo reaccionará si se produce la catástrofe? ¿Se decidirá a revelar lo que tanto le atormenta, o sucumbirá bajo la terrible impresión? No podemos adivinarlo.

En este punto la conversación se interrumpió de nuevo. Habían llegado ante la cueva donde estaban atrapados Fábregas y Deep. Colocaron los cartuchos con presteza y adaptaron las mechas necesarias.

—Vayan al fondo y tiéndanse boca abajo. La onda expansiva apenas los alcanzará si se cubren adecuadamente —indicó Svanovskia a los prisioneros.

Con manos trémulas de emoción, el propio Nathaniel Maris encendió la primera de las mechas que tenían que liberar a sus amigos. En seguida, los dos dinamiteros ocasionales corrieron a parapetarse en espera del estallido.

La explosión obró el efecto esperado. Al quebrantarse su base, la masa de rocas cedió, dejando un amplio boquete en la parte superior. Segundos después, los cuatro hombres se reunieron ante la derrumbada muralla.

En aquel mismo instante, como si hubiese expirado algún plazo de gracia para los aventureros, una torrencial lluvia acompañada de truenos y relámpagos empezó súbitamente a caer sobre el islote.

—A cuatrocientos metros de aquí, en dirección norte, hay una entrada que se comunica con el laberinto. ¡Corramos! —aulló Svanovskia entre dos truenos horrísonos.

Cuando al fin, empapados y chorreantes, llegaron a la caverna indicada por Yuri Svanovskia, Nathaniel puso a sus dos amigos al corriente de las revelaciones del maestro del ajedrez. A continuación, con la urgencia exigida por las circunstancias, éste tomó la palabra:

—Sigo dispuesto a intentar la penetración. Ahora tengo un nuevo motivo, más importante si cabe: salvar a Cornelius Berzhot y conocer los descubrimientos que haya hecho. Puede que en estos momentos él esté ya en posesión del secreto del laberinto.

—Sí, no es imposible. Pero también puede haber sufrido algún percance grave. ¿Quién sabe si nuestra ayuda le es angustiosamente necesaria? —dijo Norbert Deep.

—En cualquier caso, está claro que tenemos que dar cuanto antes con él. —Fulgencio deseaba lanzarse inmediatamente cueva adentro.

Hablaban en la oscuridad, manteniendo apagadas sus linternas para no desperdiciar la carga de las pilas. Podía serles muy necesaria más tarde.

—Todos estamos de acuerdo —prosiguió Svanovskia—. El misterio de Tökland ejerce sobre mí un atractivo tan poderoso que no me importa poner en peligro mi vida. Quiero llegar hasta el final, sea cual sea. Imagino que vosotros estáis en la misma disposición de ánimo. Pero no hay que olvidar que esta aventura puede acabar mal, muy mal, para nosotros.

—Sí, es cierto. Pero también puede tener un desenlace prodigioso si llegamos hasta el fondo del misterio. —Maris, el infatigable perseguidor de hechos extraordinarios, seguía animado por la esperanza de encontrar algo fabuloso al final de la aventura.

—En cuanto al peligro de hundimientos —intervino Norbert Deep—, no será tan grande si son sólo parciales. Creo que mi experiencia en excavaciones me permitirá reconocer los asentamientos y paredes rocosas que ofrezcan mayor resistencia como refugio en caso de producirse algún seísmo. Claro que, además del riesgo de ser aplastados, correremos el de quedar aprisionados bajo tierra si los desprendimientos nos bloquean el avance y la retirada...

—También podría ocurrir, pero es más difícil, a menos que todo se venga abajo —puntualizó Svanovskia—. Existe una infinidad de galerías y túneles que se comunican y creo que por algún lado encontraríamos escapatoria. Mucha fatalidad sería que quedasen cegados todos los conductos.

—¡En marcha, pues! Estoy seguro de que la victoria será nuestra. —Sobreponiéndose, el impulsivo Fábregas puso fin al conciliábulo y se hizo portavoz de los deseos de todos.

—¡Adelante! —añadió enérgicamente Svanovskia—. Hay un solo túnel hasta unos trescientos metros a contar desde aquí. Después veremos cuál de las bifurcaciones tomamos: ¡todas conducen al laberinto!

Instantes después, con el diluvio azotando fuera y Tökland borrada de los dominios de la luz, con sus temores y esperanzas a cuestas, los cuatro valerosos investigadores se dirigieron hacia las tenebrosas estancias subterráneas.

LA VOZ QUE DESATA
EL MISTERIO Y EL PÁNICO

En aquella hora inquietante todos estaban ya en el interior del laberinto. Habían dejado atrás la tempestuosa superficie para enfrentarse con las más temibles borrascas del subsuelo.

Una patrulla comandada por Anastase Kazatzkian, conocedora de los senderos subterráneos, había avanzado en dirección a las cámaras centrales del laberinto. A los hombres de la Compañía les tenía sin cuidado la suerte de Cornelius Berzhot. El motivo de su aparente disciplina era muy distinto: esperaban que, en el último momento, el presidente se decidiese a revelarles el lugar donde estaba el codiciado e inexistente botín.

Isidor de Malivert, infatigable como un de-

tective que sigue una pista, había recorrido también un considerable trecho de túneles y grutas. Pero no sabía si se estaba acercando al verdadero núcleo del laberinto o si se perdía por ramificaciones periféricas alejadas del escenario principal del drama. Además, al desconocer el inminente peligro de hundimiento, no tomaba precaución alguna al respecto. Su mayor temor era el de extraviarse en aquella maraña de infinitas bifurcaciones.

Valentina, Marlene, Tachter y Manzoni encontraron el campamento totalmente desierto y devastado por el vendaval. Comprendieron que algo grave estaba sucediendo y adoptaron la única decisión posible: entrar en el laberinto. No disponían de tiempo ni de recursos para buscar entradas intermedias en plena noche. Armados con sus linternas, se dirigieron al acceso principal, el que utilizaban los exploradores del suspendido concurso. Era el único que podían localizar fácilmente. Una vez dentro, tratarían de descubrir atajos para acercarse con la mayor rapidez posible a las regiones más profundas.

El coronel Bongkar, ante la evidencia de que la llegada de sus cómplices era, por el momento, imposible —la tempestad habría desbaratado todo intento de desembarco—, decidió jugarse una última carta en una acción desesperada. Y para ello, en solitario, movido por el temor de ser traicionado por los hombres de Kazatzkian si éstos averiguaban antes el secreto escondrijo de lo que todos ellos querían saquear, penetró también en el laberinto por la entrada que utilizaban las brigadas de servicio y mantenimiento de la Compañía.

Estaba ya asimismo en las entrañas de Tökland el grupo formado por Svanovskia y los tres restantes aliados de Cornelius Berzhot. Gracias al túnel de acceso que había utilizado, esta patrulla estaba, sin saberlo, mucho más cerca que las demás del ansiado objetivo. Sin embargo, no iba a ser su marcha una línea recta: las interminables sinuosidades del trazado subterráneo podían demorar horas, y hasta días, su llegada al punto neurálgico de aquel reino de tinieblas.

Y allá en su ignoto destino, en lo más profundo, debatiéndose entre los enigmas de las oscuras estancias, se encontraba, supuestamente, el valeroso explorador Cornelius Berzhot.

¿Estaban en lo cierto quienes se negaban a interpretar su prolongado silencio como síntoma inequívoco de muerte? ¿No se habría convertido el laberinto en su tumba? ¿Tenían algún sentido los esfuerzos dedicados a salvarle?

El presidente y sus semisublevados hombres recorrían un itinerario próximo al del trayecto del concurso. Desde distintos observatorios camuflados se podía vigilar el sendero *oficial*. Así se había podido vigilar y controlar a los exploradores, durante las semanas anteriores, y poner en funcionamiento los distintos dispositivos de los enigmas cuando llegaban los aventureros.

Mr. Kazatzkian, aunque infatigable en su marcha, daba visibles muestras de agotamiento a la luz de las antorchas y linternas de sus acompañantes. Su rostro anguloso parecía una máscara viva, sostenida tan sólo por el deseo de realizar un último acto solemne, después del cual ya nada más le importaría.

De pronto, como acuciado por un presentimiento súbito, el presidente se detuvo y habló de modo estentóreo.

—Cornelius Berzhot, por lo que más quiera, respóndame. Esté donde esté, señálenos su presencia, ¡venimos a salvarle!

Apagados los innumerables ecos de aquella

exhortación que se propagó por túneles y galerías, el silencio volvió sin albergar respuesta ni señal de vida alguna.

Kazatzkian, seguido por sus hombres que, en estado de creciente descontento, murmuraban sin cesar, se encaminó hacia uno de los ocultos observatorios. Desde allí, su voz podría alcanzar mayores distancias. Apenas llegado a su objetivo, lo intentó de nuevo.

—Cornelius Berzhot, le habla Anastase Kazatzkian. Mis palabras no encierran artificio ni celada, le hablo directamente con la voz del corazón. Si puede usted oírme, ¡créame! Debe salir del laberinto cuanto antes, si estima en algo su propia vida. El dédalo de Tökland tiene sus minutos contados. Después no habrá escapatoria posible.

Sin disminuir un ápice la potencia de su voz, el presidente había pronunciado las dos últimas frases con gran angustia.

Sin embargo, el apremiante llamamiento no produjo otro resultado que el de exasperar a los desalmados individuos que rodeaban a Kazatz-kian. El hecho de que su antiguo jefe desperdi-ciase minutos tan valiosos tratando de encontrar a Cornelius, en lugar de orientar la expedición hacia el rescate del supuesto tesoro de Tökland, acabó con los últimos residuos de obediencia.

Porque aquellos estúpidos ilusos todavía confiaban en poder escapar del islote con algu-na mercancía de alta cotización en los mercados negros internacionales. Hasta minutos antes, habían fingido aceptar el liderazgo de Bongkar por temor a que éste, valiéndose de su cargo ofi-cial, pudiera arrebatarles la totalidad del botín una vez consumada la rapiña. Pero en aquellos instantes el coronel traidor no entraba ya en sus planes.

Estaban dispuestos a utilizar incluso la tor-tura para obtener la verdad de labios de su ex presidente. Nada les habría impedido some-ter a Kazatzkian a un chantaje físico propio de torturadores, nada... excepto la amenazadora voz que paralizó sus movimientos.

Se escuchó nítidamente. Llegaba de las cavernas más periféricas, preñada de amenazas y cinismo.

—¿Para qué desgañitarse tanto, Kazatzkian? ¿Qué importa ya ese pobre diablo, Cornelius Berzhot o como se llame? Si ha sido víctima de tus locuras, bien empleado le está. ¿A quién se le ocurre meterse a explorador en estas catacumbas repletas de adefesios? Habrá tenido el fin que merecía, por imbécil. Búscalo, sí, búscalo y deposita la recompensa a los pies de su cadáver, si es que puedes encontrarlo. Pero antes...

Aquella voz, aunque algo deformada por la distancia, resultaba perfectamente identificable: era Bongkar quien les estaba hablando desde algún lugar no muy lejano.

Las condiciones acústicas del subsuelo de Tökland constituían uno más de los aspectos sorprendentes del laberinto. A través de cadenas de ecos, resonancias y propagaciones, el sonido recorría largas distancias bajo tierra sin apenas debilitarse. Así, personajes situados a

muchas galerías de distancia podían llegar a oírse sin saber exactamente dónde se encontraban uno y otro. Era prácticamente imposible descubrir el lugar de origen de un sonido, después de que éste hubiese atravesado simas y cavernas.

Mr. Kazatzkian estuvo a punto de replicar a Bongkar, pero un acceso de desaliento le hizo desistir. La reaparición del coronel traidor en tan críticos momentos podía ser la gota que derramase el vaso de la tragedia. El presidente lamentó entonces no haber adoptado medidas más contundentes para dejarlo fuera de combate hasta el día siguiente.

La voz de mal agüero atronó de nuevo las tenebrosas profundidades.

—Escucha mi ultimátum, Kazatzkian. Quiero lo que busco y lo quiero ahora. Ya que esto es un juego de locos, veremos quién es capaz de ir más lejos en el camino de la locura. Escucha con atención, no repetiré ni una sola palabra. Tengo junto a mí, dispuesta para estallar, la cantidad de dinamita necesaria para provocar un gigantesco alud: no hará falta esperar al terremoto, yo solo me basto con el simple gesto de prender la mecha. Puede que al final no me lleve nada de este islote maldito, pero, por lo menos, me iré con la satisfacción de la venganza consumada. Algún provecho tengo que obtener de tantos meses de vida sórdida en espera de lo que tú quieres negarme. Y, de paso, eliminaré testigos incómodos. Después, ante mi gobierno, declararé que todo ha sido «un desgraciado accidente»... Nadie podrá rebatirme, ¡ja, ja, ja! De modo que, o me dices ahora mismo cómo puedo sacar de aquí lo que con tanto celo ocultas, o doy rienda suelta a la furia de la dinamita. Me conoces bien, Kazatzkian, y sabes que soy capaz de cumplir mis amenazas. Es más, estoy deseando hacerlo. ¡Ahí va el primer y último aviso!

Bongkar hizo estallar uno de los cartuchos. La atmósfera del subterráneo se estremeció, escuchándose después el fragor de diversos desprendimientos de pedruscos. Estaba bien claro que, si hacía explotar toda la carga de una vez, la catástrofe sería inevitable.

A los acompañantes de Kazatzkian se les había erizado la cabellera. Su clara superioridad numérica frente a Bongkar no constituía, en aquel momento, ninguna ventaja; al contrario, suponía un mayor censo de víctimas que el inicuo personaje podría anotarse.

Acobardados, confiaron en que, por difícil que pareciese, el ex presidente truncaría una vez más el asedio del coronel. Resultaba difícil adivinar, viéndole, si el anciano estaba abrumado

por la fatalidad de las circunstancias o urdiendo una estrategia de resistencia. Después de unos tensos segundos de silencio, Kazatzkian, sin moverse del lugar en donde estaba, tomó de nuevo la palabra, con mayor sonoridad que antes. Pero, en vez de dirigirse a Bongkar, como todos esperaban, continuó dirigiendo obstinadamente su voz a las tinieblas, llamando a Cornelius Berzhot.

—Como un creador que temiese ver sucumbir a su más predilecta criatura, con toda la fuerza de mi alma, afectuosamente, suplico tu respuesta, *Aliento del Amanecer*. Responde, sea cual sea el estado en que te encuentres. Respóndeme, hijo, respóndeme, ¡¡¡aunque sea desde el otro mundo!!!

Las palabras de Kazatzkian, poderosas y emocionantes, habían sido pronunciadas con tanta solemnidad que, por un momento, los facinerosos que estaban junto al anciano llegaron a conmoverse.

El vozarrón de Bongkar, por el contrario, al

vibrar de nuevo entre las sombras, demostró que su dueño era insensible a todo lo que no fuese su ambición.

—Todos estaréis muy pronto en el otro mundo o, mejor, sepultados vivos en este infierno. Sí, tú, maldito Kazatzkian y los cobardes que están contigo; vacilaron cuando tenían que ponerse a mis órdenes para obligarte a hablar, y luego han querido hacer la guerra por su cuenta; ¡ja, ja, ja!, pobres idiotas, carne de presidio. Todos seréis aplastados por toneladas de roca viva si no se cumplen mis deseos. Contaré hasta diez. No concederé prórroga alguna. Mucho me figuro que éstos van a ser los diez últimos segundos de vuestras perras vidas. UNO... DOS... TRES...

Los regueros de pólvora y las mechas aguardaban impacientes el momento de inflamarse. La muerte, ávida de presas, recorría la suntuosa lobreguez del laberinto. La voz del verdugo perforaba los tímpanos de todos. Sólo Kazatzkian, inmóvil, mantenía una cierta compostura.

—... CUATRO... CINCO... SEIS...

Y, en aquel peligrosísimo trance, una podero-sa voz desconocida, intensa y lejana a la vez, emergiendo de las más profundas galerías, vi-brante como un rayo de esperanza, se dejó oír nítidamente.

—Me he decidido a volver para acallarte, graznido abominable, odioso gorgoteo de trai-ción y mezquindad. Yo, a quien en vida llama-ban Cornelius Berzhot, *el Aliento del Amanecer*, me levanto de mi esplendoroso sepulcro para amordazar tu boca de víbora, para arrancar de cuajo la mano infame que, en vano, pretende torcer el inescrutable curso del destino.

Aquella voz con acentos de ultratumba acabó de trastornar a los aterrorizados individuos de la Compañía. El presidente, por el contrario, bajo el fulgor de las antorchas, lívido y demacrado, es-taba sobrecogido por una intensa emoción.

Bongkar, en su oculta atalaya, guardó silen-cio, estupefacto. No acertaba a pronunciar pala-bra ni a reaccionar ante lo imprevisto.

Inmediatamente, la voz espectral de quien

decía haber sido Cornelius Berzhot, resonando ahora increíblemente más cerca, tembló de nuevo en la densa negrura.

—Mientras tú exhalabas un miserable soplo de pánico, nefasto chantajista, yo he seguido avanzando para venir a tu encuentro. Estás al alcance de mi mano. Ahora la distancia no tiene para mí ningún significado. Mi fuerza es superior a la de cualquier potencia humana. Voy a aniquilarte del modo más horrible. Borraré para siempre de la tierra tu nefasta presencia. Prepárate, Bongkar, ¡¡¡VENGO A POR TI!!!

A Bongkar se le escapó un grito de pavor. Los hombres de la Compañía hablaron atropelladamente.

—Antes la voz venía de lo más hondo...

—Ahora parece que esté junto a nosotros.

—Yo no creo en muertos vivientes, pero... ¿quién explica esto?

—Está ya en todas partes, en todas partes: ¡no tenéis escapatoria! —les dijo Kazatzkian mirándolos con ojos como ascuas.

—¡Vámonos de aquí! Nada podemos contra esto.

—Es mejor renunciar: ¡los espectros son mala cosa a la que enfrentarse!

—¿Qué hacemos con Kazatzkian?

—¡Dejadle aquí con sus brujerías!

Entonces el presidente profirió un grito horripilante:

—¡¡¡CORNELIUS, CORNELIUS, ESPÉRAME SI VIENES A BUSCARME Y ES ÉSTA LA HORA DE MI MUERTE!!!

El grupo que le rodeaba, enloquecido de miedo, salió en febril desbandada, llevándose consigo todas las linternas y antorchas. El presidente quedó en la más completa oscuridad, riendo a grandes carcajadas.

La precipitada huida de aquellos sujetos obtuvo una recompensa inesperada. Cuando les faltaba ya poco para ganar una de las salidas, descubrieron la posición de Bongkar, quien, agazapado junto a su arsenal de explosivos, trataba de pasar inadvertido.

La excitación de los individuos que creían

haber escapado a fuerzas de ultratumba, se abatió con crueldad sobre aquel que, momentos antes, tan gravemente había amenazado sus vidas. Con las vestiduras desgarradas y el rostro maltrecho lo arrastraron en su huida, con el propósito de culminar fuera el encolerizado linchamiento.

En el exterior, el maremoto proseguía con sus embestidas a la fortaleza insular, las rocas de la superficie esperaban el terremoto que iba a quebrantarlas, y el huracán flagelaba las frágiles siluetas de los amotinados. Pero, por nada del mundo, ni ellos ni el pelele que era ahora el hombre que habían capturado volverían a entrar en el laberinto.

Llegada la hora soberana del desenlace, la ópera trágica se había librado de sus incómodos personajes secundarios. La gran escena final se iba a producir en toda su intensidad y sin estorbos.

LA LEYENDA DEL UNIVERSO SUR

Ya sin fingimientos destinados a los indeseables testigos que hasta entonces se habían inmiscuido en los acontecimientos, Mr. Kazatzkian pudo continuar hablándole al recién aparecido.

—Cornelius, ¡tu estratagema ha sido formidable! ¿Has oído sus voces de espantada? Pero olvidemos las minucias. Dime, ¿estuviste allí? ¿Pudiste llegar hasta la más profunda cámara?

El invisible interlocutor del presidente se había aproximado. Estaba ahora junto a él. No llevaba linterna o, por lo menos, no hacía uso de ella. Ambos hombres estaban envueltos en tinieblas.

—Sí, estuve allí, en el corazón del laberinto. Estuve allí e hice lo que tenía que hacer. Ni yo mismo sé cómo he podido, pero su obra se ha consumado: nada ha sido en vano. Me siento como al despertar de un largo sueño. Aunque quisiera, no podría explicar nada.

Mr. Kazatzkian, sin poner en duda aquellas palabras que tanto deseaba creer, las interrumpió.

—Muy pronto comprenderás el profundo sentido de tu hazaña. Ahora, por fin, cuando lo que tanto soñé ha sido culminado, puedo revelar el motivo de tanto misterio. Vas a saberlo ahora. Te ruego que escuches con toda atención. Mi voz ya es débil y pronto voy a exhalar el último suspiro. Temo no poder llegar hasta el final...

—Le escucharé con toda mi atención.

—Desde muy joven, mi más secreta pasión, apenas conocida por mis íntimos amigos, ha sido el estudio de leyendas y mitos de todas las épocas de la historia conocida. La profesión de mis antepasados, que hice también mía, me ha permitido estar siempre en contacto con antiguos volúmenes, manuscritos y papiros. Los he rastreado infatigablemente en busca de textos legendarios. Esta actividad, junto con mi más divulgada afición por los enigmas y juegos de ingenio, ha ocupado la mayor parte de mi vida y, en estos últimos años, todas mis horas, todas, después del trascendental descubrimiento que fue tomando forma entre mis manos...

En aquel momento de angustia y esperanza, la fuerza de la tierra quiso lanzar su primer y estremecedor aviso. Suavemente, durante sólo unos instantes, el subsuelo tembló. La avanzada, la sacudida de vanguardia del inminente seísmo, acababa de lanzar su alerta.

El hombre que recogía las confidencias póstumas de Anastase Kazatzkian percibió claramente las vibraciones y el rugido subterráneo. Su corazón, oprimido por el miedo, se encogió. Mas nada dijo. El anciano presidente parecía no haberse dado cuenta de nada y continuaba hablando trabajosamente. El testigo, dominando su pánico, consideró oportuno no interrumpir ni dar la alarma y resistir unos segundos más.

—... estudié profundamente, tanto como

puede hacerlo un hombre, las creencias y mitos
de las más variadas civilizaciones y culturas: su-
persticiones fenicias, la historia bíblica de la
Creación, el Código de Hammurabi, la ética de
Zoroastro, los oráculos del antiguo Israel, los
mitos célticos, las religiones grecorromanas, las
culturas egea y minoico-micénica, las tradicio-
nes de la India, la arqueología etrusca, los rela-
tos de la era carolingia, las narraciones orales
del Japón, la mitología cosmogónica china, los

cultos de los dioses del antiguo Egipto, las inscripciones de los reinos americanos del Sol, las literaturas germánicas medievales, los misterios profanos del Renacimiento... y así sucesivamente hasta los grandes documentos de nuestro tiempo. La relación completa sería interminable y no queda tiempo para eso. Lo que importa, Cornelius, es lo que pude entresacar de tan fabuloso y heterogéneo conjunto.

En aquel momento, como creyendo que así podría comunicarse con mayor intensidad con su silencioso oyente, Kazatzkian asió con fuerza las muñecas de aquel que lo escuchaba en la oscuridad.

—En todas las culturas que estudié pude hallar, por vez primera en la historia de la investigación, inadvertidos, ocultos o hasta disfrazados, los indicios de una gran leyenda universal, común a todas las épocas y que, aunque revestida de distintas formas, coincidía siempre en lo esencial. Tomando de cada período los fragmentos más accesibles, llegué a componer el prodigioso rompecabezas. Una vez obtenida su expresión completa, efectué las debidas comprobaciones en todas y cada una de las eras estudiadas: ¡mi texto encajaba siempre! Lo había logrado después de cincuenta años de trabajo. Conseguí sacar a la luz el gran mito, el remoto conocimiento de todos los tiempos: ¡LA LEYENDA DEL UNIVERSO SUR!

La oscuridad no permitió a Kazatzkian advertir el tremendo impacto que sus revelaciones estaban causando en quien se había presentado a él como Cornelius Berzhot. A pesar de que el testigo se resistía a dejarse arrastrar por el influjo de tan ardientes palabras, la fuerza del mensaje del presidente estaba impregnando su imaginación y le preparaba para escuchar conclusiones inauditas.

—Te voy a confiar en pocas palabras, sencillamente, lo que dice esa leyenda. Puede enunciarse con unas cuantas y modestas frases. Y no pienses que he perdido la razón: mi cerebro ha soportado grandes inquietudes, pero siempre he mantenido la más estricta lucidez, puedes creerme...

Como queriendo poner un contrapunto dramático al sosiego que entonces demostraba Kazatzkian, el subsuelo retumbó de nuevo, impaciente, y las masas de roca volvieron a agitarse. Esta vez el anciano advirtió el peligro y se apresuró a concluir su mensaje.

—Para que me comprendas en el acto, te lo diré así: el universo, el conjunto de todo lo que existe, es como un fabuloso ser viviente de dimensiones y poderes prácticamente infinitos. Y ese inabarcable ser tiene, entre muchas otras facultades, también la de soñar. Pero sus sueños, para nosotros, poseen consistencia real. Gracias a eso, nos parece que existimos, porque ¡NOSOTROS SOMOS UN SUEÑO DEL UNIVERSO!

En este punto, el supuesto Cornelius Berzhot no pudo callarse por más tiempo.

—Pero entonces ¿no existimos? Nuestros cuerpos, nuestro planeta, el sistema solar, nuestra galaxia, ¿son sólo un espejismo?

—Todo eso, y bastantes galaxias más, las cercanas a nosotros, es lo que en la leyenda se conoce como UNIVERSO SUR.

—Y, todo eso, ¿no existe? —inquirió el acompañante de Kazatzkian con absoluta incredulidad.

—Sí existe. Es decir, es real desde nuestro concepto de lo que es la realidad. Pero en comparación con las zonas supremas del universo, con lo que podríamos llamar su corazón y su cerebro, sólo somos una ilusión que se perpetúa a través de los siglos. Existen otras formas de realidad increíblemente más intensas que la nuestra. Pero, ahora, una vez cumplida la extraña profecía de la leyenda, los hombres y las mujeres, incluso sin moverse de su propio planeta, van a tener progresivo acceso a ellas. Después de tu proeza, ya nada podrá impedirlo. Aunque lentamente, sabremos forjar en nosotros extraordinarias transformaciones.

—Pero ¿cómo? ¿Qué clase de transformaciones? ¿Hasta dónde van a conducirnos? —preguntó tembloroso el invisible oyente, como si temiera que, al final, la falta de alguna aclaración pudiese dejar aún más oscuro el misterio.

—La Humanidad, sin dejar de ser lo que es, es decir, siéndolo más que nunca, es capaz todavía de llegar a prodigiosas cimas, bajo el impulso del amor, la voluntad y la imaginación. De este modo, la realidad será, cada vez más, un hecho múltiple y denso, con nuevas y deslumbrantes facetas.

Entonces, cuando parecía que Kazatzkian había llegado al punto final de sus revelaciones, aunque tampoco eso podía darse por seguro, un primer alud de rocas de gran tamaño marcó el principio del fin.

—¡No escaparé a la fuerza de los elementos! —gritó Kazatzkian—. Mi cuerpo no resiste más. Pero tú, que tanto mereces vivir, tienes que intentarlo a toda costa. Déjame y trata de salvarte. Mi existencia ya ha obtenido la esperada recompensa.

La galería contigua a aquella en que estaban

se desplomó por completo con pavoroso fragor: la destrucción del laberinto de Tökland por las fuerzas naturales había comenzado. Instintivamente, a ciegas, los dos hombres se abrazaron. Kazatzkian cayó inerte en brazos de su compañero. Entonces, éste se decidió a hacer lo que había evitado hasta entonces por razones estratégicas: encendió su linterna. En vano buscó señales de vida en el fatigado cuerpo: Anastase George Kazatzkian acababa de morir.

—Si supieses... si supieses que no soy quien tú creías...; si supieses que aquel a quien llamaste hijo no ha estado aquí a tu lado, dándote esperanza en la agonía...; pero nunca lo sabrás. Descansa en paz.

El superviviente murmuró estas palabras abrazando con respeto y afecto el cuerpo inanimado. Después, alzándose como un rayo, se dispuso a intentar la dificilísima proeza: salir con vida de aquel infierno que se estaba desplomando.

Pero algo lo detuvo un instante. Al volverse

para mirar por última vez el cuerpo sin vida del presidente, advirtió que éste había expirado llevándose la mano derecha al interior de la parte alta de sus vestiduras. Parecía el gesto interrumpido de quien estuviese buscando algo. Siguiendo esa señal lanzada después de la muerte, aquel hombre introdujo la mano donde estaba la del creador de tantos enigmas. Inmediatamente encontró algo, una rugosa carpeta rotulada así:

TESTAMENTO DE A. G. KAZATZKIAN
presidente de la Compañía Arrendataria
de la Superficie y Subsuelo de la Isla
de Tökland

Sin entretenerse ni un segundo más, el que había hecho el póstumo hallazgo se guardó el pequeño cartapacio y emprendió la huida a toda prisa por el único túnel que no había quedado bloqueado por los desprendimientos. Mientras corría, su voz, presa de una inmensa emoción, proclamó:

—¡Cornelius! ¡Cornelius! Si todavía existes, franquea el último umbral y llega hasta el corazón del laberinto. Sea lo que fuere lo que espera en esa última estancia, tienes que afrontarlo. Esta parte se está desplomando, pero aquella en la que tú estás espero que resista gracias al poder de la leyenda. Ahora ya lo sé, ahora no tengo ya más dudas: ¡Kazatzkian no estaba loco! Se había aproximado a algún resorte secreto del mundo. En tus manos está la ocasión de moverlo y anticipar el curso de los siglos. Por lo que más quieras, si vives todavía, no desfallezcas ahora. Tienes que culminar nuestra aventura. Haz que mi muerte no sea tan inútil si, como temo, llega a producirse. Éste es el último ruego de tu amigo Isidor de Malivert. Hazlo por mí, hazlo por todos nosotros. Estoy seguro de que si lo logras no sufrirás daño alguno, te protege *la leyenda del universo sur*.

Las apasionadas exhortaciones de Isidor de Malivert fueron bruscamente acalladas. El seísmo provocó la caída de cientos de peñascos, y la voz suplicante dejó de vibrar sin saber que ni una sola de las palabras que había pronunciado tenía la menor posibilidad de llegar a los oídos de su destinatario.

Porque, en aquellos momentos, Cornelius Berzhot, el último explorador de Tökland, no podía ya escuchar palabra alguna. Estaba tan lejos de las voces, tan remotamente lejos de toda sensación corporal, que ni siquiera la atronadora sonoridad del terremoto tenía para él sentido ni presencia.

Mientras tanto, la patrulla formada por Svanovskia, Maris, Fábregas y Deep había logrado, gracias a los conocimientos geológicos de este último, efectuar importantes avances hacia las profundidades, sin caer en las múltiples trampas que el subsuelo deparaba.

Se habían introducido en la zona de máximo silencio, muy cerca ya del corazón del laberinto, sin haberse topado con ninguna de las galerías enriquecidas por Kazatzkian con sus enigmáticas escenografías. Habían seguido un itinerario alternativo al del museo de misterios, y habían logrado así acercarse al sector final del mismo sin tener que salvar ni uno solo de sus obstáculos anteriores.

A aquella profundísima región no llegaban los ecos y resonancias procedentes de los restantes niveles subterráneos. Por esa razón, los hechos recién acaecidos en las galerías intermedias eran del todo desconocidos para los cuatro hombres. Y no porque no prestaran atención a los sonidos. Desde hacía algunos minutos estaban siguiendo una pista acústica que provenía de lo más hondo. Era una respiración extraña, agitada y, al propio tiempo, hermosa, que ejercía la fascinación propia de las cosas inexplicables.

Cuando por primera vez, como un rumor casi inaudible, la habían oído, estaban cerca de extraviarse sin remedio en una maraña de túneles. Aquella sonoridad les devolvió la esperanza y se esforzaron en buscar su origen a toda costa. El rumor pulmonar les tendía una estela invisible, pero clara y nítida, que no se disgregaba por senderos dispares. Aguzando el oído, podían guiarse y elegir en cada encrucijada el camino certero.

Casi sin saber cómo, desembocaron en una angosta galería. Allí la respiración sonaba con más fuerza. Parecía emanar de la propia cueva. Distribuidas irregularmente por el suelo del reducto, diversas estatuas de gran tamaño, semejantes en cierto modo a las de la isla de Pascua, inmóviles y majestuosas, miraban la bóveda.

De pronto, Nathaniel Maris exclamó:

—¡Mirad! Alguien ha estado aquí hace poco. —El haz de su linterna había descubierto huellas frescas de sangre junto a la base de una de las estatuas.

—Si son de Cornelius, eso significa que está herido —murmuró Fábregas.

—Ojalá sean suyas de todos modos —dijo Svanovskia.

—¡Fijaos allí! —La linterna de Norbert Deep enfocaba un sector de muro próximo a la cúpula.

Todos vieron en lo alto, por encima de las cabezas de los seres de piedra, una inscripción labrada en la pared.

HAS LLEGADO, EXPLORADOR, GRACIAS A TU GENEROSO SACRIFICIO, A LA PENÚLTIMA CÁMARA DEL LABERINTO. SÓLO TE RESTA ENCONTRAR LA ENTRADA QUE CONDUCE AL SUPREMO REDUCTO Y CONSUMAR ALLÍ TU GESTA. SI LA FORTUNA NO TE ABANDONA EN EL MOMENTO DE LA PRUEBA FINAL, ALCANZARÁS TU ALTÍSIMA META.

Aparte del acceso que les había permitido penetrar en aquella sala penúltima del museo-itinerario de enigmas, no pudieron descubrir en los muros de piedra ninguna otra salida.

—Cornelius está en el último reducto, ¡seguro! —dijo Fulgencio paladeando la victoria.

—Sí, pero ¿cómo entrar en él? —exclamó Nathaniel—. Esta cueva no conduce a ninguna parte.

—Tiene que haber un modo de continuar

desde aquí: ¡Cornelius ha podido! —aseguró Yuri Svanovskia.

—Probablemente la solución se oculta en alguna de estas figuras. —Norbert las había estado examinando, aunque sin sacar nada en claro.

—No tenemos tiempo para resolver enigmas según las normas del concurso —advirtió Nathaniel, innecesariamente, pues todos sabían que la definitiva convulsión del terremoto no iba a hacerse esperar.

—Al fin y al cabo, nosotros no somos exploradores de Kazatzkian: nuestra misión es de emergencia —confirmó Fulgencio Fábregas.

—La respiración nos guiará: peguemos la oreja a las paredes —sugirió finalmente Norbert.

De súbito, un nuevo y poderoso estertor del movimiento sísmico dejó los cimientos naturales del laberinto en un equilibrio tan precario, que sólo de puro milagro no se desplomó todo en un instante. Pero poco iba a tardar en hacerlo: en los muros que auscultaban aparecieron de pronto amenazadoras grietas.

Pero, gracias a ellas, su camino se abrió: la sacudida recibida por la roca hizo que quedara al descubierto un bloque de piedra basculante que se entreabría mostrando una abertura. Por allí se metieron sin hacerse preguntas.

Recorrieron un túnel descendente y desembocaron en la gruta más soterrada del laberinto de Tökland: estaban, por fin, en su corazón.

Aquella última cueva tenía forma esférica. Las paredes y la bóveda habían sido pulimentadas y refulgían a la luz de las linternas con magia de espejo. Al principio, quedaron deslumbrados. La respiración sonaba ya con asombrosa intensidad, hasta casi resultar irreal. No había duda de que quien la emitía estaba allí, muy cerca.

Nathaniel fue quien primero lo vio. Horrorizado, emitió un grito mientras sus tres acompañantes retrocedían instintivamente.

—¡Cornelius! ¿Qué espantoso mal ha deformado así tu cuerpo? ¿Cómo perdiste hasta tal punto la forma humana? ¿Qué es lo que queda de aquel que conocimos, de aquel que era nuestro amigo? ¡Habría sido preferible no encontrarte jamás para no tener que verte así!

Pasado el primer escalofrío, comprensible tanto por la aguda tensión que los cuatro camaradas estaban soportando como por el extraño aspecto de aquel cuerpo que vestía las prendas de Cornelius Berzhot, contemplaron con mayor detenimiento al que de modo tan vibrante respiraba.

Estaba como enroscado sobre sí mismo, hasta un grado inconcebible. Ni el más elástico de los maestros de yoga habría podido igualar su postura. Inmóvil, pero animado por un íntimo, levísimo temblor, formaba una especie de masa esférica en cuyo centro, presumiblemente, se encontraba la cabeza. Pero, por encima de su apariencia grotesca o tortuosa, se desprendía de aquel cuerpo, a poco que uno se fijara, una sensación de bienestar y éxtasis. Parecía estar disfrutando de inmensas delicias a mucha distancia de aquel enigmático reducto.

—¡Tiene una herida en la espalda! ¡La sangre que antes vimos...! —Fábregas se había aproximado al cuerpo.

—Es sólo una desgarradura, no creo que tenga importancia... —Las palabras de Svanovskia fueron interrumpidas por una exclamación de Norbert Deep.

—Mirad, otra inscripción. Está grabada en el suelo, en sentido circular.

—Léela, léela en seguida —urgió Maris.

—Está un poco confusa... Acercad más luz. Sí, ya lo veo bien...

DESDE ESTE RECÓNDITO LUGAR, SEPARADO DE LA VISIÓN DEL FIRMAMENTO POR GRANDES MASAS DE ROCA IMPENETRABLE, EL EXPLORADOR DE TÖKLAND, LLEGADO AL CORAZÓN DEL LABERINTO, CONTEMPLARÁ EL UNIVERSO Y LO VERÁ DESDE ASOMBROSAS PERSPECTIVAS. HECHO ESTO, SU GRAN AVENTURA HABRÁ CONCLUIDO Y DE ELLA SE GUARDARÁ SIEMPRE MEMORIA.

—Amigos, ¡estamos ante el umbral mismo del gran secreto! —Nathaniel, a pesar de todo, no podía ocultar su alegría.

—¡Y puede que Cornelius lo haya cruzado ya! —dijo Svanovskia señalando el cuerpo esférico.

—Pero ¿cómo va a poderse ver el firmamento desde un observatorio sumergido a centenares de metros bajo tierra, sin respiradero ni chimenea alguna?

—No lo sabemos todavía, Fulgencio —repuso Nathaniel—. Pero habrá algún modo. Cornelius está viviendo una experiencia más profunda que la misma muerte, estoy seguro de ello.

Cuando Maris aún tenía la última frase en sus labios, un nuevo movimiento del subsuelo multiplicó las resquebrajaduras que veteaban los muros de piedra. Cornelius, en su rarísimo estado, no pareció acusar ni en lo más mínimo la sacudida.

—¡Atención! Va a dar comienzo la descarga definitiva: en pocos segundos el terremoto se desatará completamente. Hay que salir de aquí:

estamos ahora en la zona de máximo peligro. Toda la estructura del laberinto descansa sobre nosotros. Muy pronto no quedará aquí ni un centímetro de espacio libre: ¡todo será un amasijo de rocas aplastadas!

—Sí, Norbert. Pero antes tenemos que hacer que Cornelius vuelva en sí. ¡No podemos abandonarlo! —gritó Maris.

—¡Cornelius, Cornelius, despierta: somos nosotros! —Fulgencio chillaba junto al cuerpo, sin conseguir su propósito. Estaba muy cerca de él, pero no se atrevía a tocarlo.

—Tratemos de llevárnoslo como sea... a hombros si es preciso —arguyó Nathaniel desolado.

—Pero así nunca llegaremos a la superficie —dijo certeramente Svanovskia—. Nuestra única esperanza es salir corriendo, si es que aún podemos encontrar el camino sin perdernos.

—Amigos —concluyó Norbert lúgubremente—, ya es tarde para la huida. ¡Escuchad cómo ruge la tierra!

Un bramido incontenible surgió del seno de

la isla. De un momento a otro, los túneles y galerías de Tökland iban a desaparecer para siempre, sepultando bajo miles de toneladas de piedra todo lo que hubiera en su interior.

Pero algo descomunal iba a ocurrir en aquella hora destinada a ser la última de nuestros cinco aventureros. Un irrefrenable grito de euforia, cien veces más poderoso que el del terremoto en ciernes, convirtió en un estremecimiento las espaldas de los que velaban a Cornelius. Los segundos siguientes transcurrieron a tal velocidad que parecieron uno solo.

El terremoto liberó toda su potencia contenida, pero, instantáneamente, ésta quedó paralizada por otra fuerza, todavía mayor, que, por así decirlo, actuaba en sentido contrario. Parecía una lucha a vida o muerte entre dos grandes monstruos invisibles. La energía que frenaba al seísmo brotaba del lugar en el que estaban, del mismo corazón del laberinto.

En lugar de producirse el esperado y temido derrumbamiento total, ocurrió lo contrario:

grandes bloques de piedra salieron proyectados hacia arriba y, al momento, como por ensalmo, un panorama inesperado se ofreció a la vista de los aterrados testigos: a través de un boquete enorme, allá en lo alto, al nivel de la superficie del islote, contemplaron un sector del firmamento estrellado.

La visión llegó acompañada de una masiva entrada de aire fresco que inundó la profunda sima que ocupaban.

En seguida se dieron cuenta del origen de la formidable erupción ascendente. Detrás de ellos, totalmente de pie, aunque con el rostro aturdido y los ademanes indecisos, como si hubiese despertado de pronto de un sueño profundo como el mundo, estaba Cornelius Berzhot, *el Aliento del Amanecer*, sano y salvo.

La deducción era inevitable: su brusco regreso a la conciencia había desencadenado la explosión ascendente. Ahora todos estaban ilesos y el camino hacia el exterior aparecía directo y accesible.

Sin perder ni un instante en conjeturas, los cuatro aventureros iniciaron la subida. Como hipnotizado, Cornelius los seguía, sin darse cuenta de que había neutralizado el terremoto en sus propios dominios. Continuaba bajo los efectos de su terrible despertar, pero no entorpecía la marcha. Si, en algún momento, como ausente, se detenía, sus amigos tiraban de él y Cornelius proseguía la huida sin mayor demora.

Después de catorce minutos de penosa y esperanzada ascensión, el grupo alcanzó la superficie. De nuevo Norbert Deep tomó el mando para guiarlos a través de la oscuridad de la noche hasta una zona cercana a la franja costera que podía ofrecer una gran resistencia al terremoto. Éste, una vez alejada la fuerza que lo frenaba, alcanzó por fin su terrible apoteosis. Los efectos fueron demoledores: todo el sistema de pasadizos y galerías, todo el laberinto natural de Tökland, se vino abajo con alucinante estrépito. Las murallas costeras se agrietaron y el océano invadió las minas subterráneas que no habían

quedado aplastadas. Una gran parte de la superficie del islote falló, precipitándose en el recién creado abismo. El campamento de la Compañía y dos terceras partes del suelo de Tökland fueron engullidos, quedando en su lugar un gigantesco cráter de forma irregular que se adentraba hasta el fondo, donde, a causa de la inundación marítima, se formó un oscuro lago.

Consumada la destrucción del laberinto, la tierra descansó, las aguas del Índico se amansaron y la cólera del huracán disolvió sus últimas ráfagas en el seno de una naciente y sosegada brisa marina.

Fue entonces cuando, al amparo de la nueva calma, con la mirada radiante, Cornelius Berzhot recobró su estado natural. Cuando empezó a hablar, estaba tumbado en el terreno intacto que les había servido de refugio, muy cerca del borde del nuevo cráter. Con el rostro vuelto hacia el pobladísimo firmamento de la noche, dejó fluir estas palabras:

—El misterio de Tökland ha dejado de serlo,

amigos míos. Realmente valía la pena tanto esfuerzo, aunque aún no comprendo del todo el
porqué del laberinto. Cien veces dudé de conseguirlo, pero, al fin, por desearlo tanto, tuve fuerzas. Después os contaré, pero ahora estoy cansado, muy cansado, tengo sueño, mucho sueño...

Una dulce somnolencia se posó en sus pár-

pados hasta dejarlos quietos y dormidos. Los demás contuvieron sus deseos de escuchar el relato de su gesta. Tiempo habría. Y como estaban también extenuados, olvidando de momento las preguntas, se durmieron a su lado.

EL FUTURO QUEDA ABIERTO: ÚLTIMAS REVELACIONES

Quienes lo vieron, recordarán siempre la majestuosa belleza de aquel amanecer. Todo vestigio del cataclismo había desaparecido de la atmósfera. Sólo el inmenso socavón quedaba como imagen permanente de lo ocurrido en Tökland.

Con la primera aparición del sol, la actividad humana en la isla volvió a reanudarse. Cerca del borde del cráter, en el mismo lugar en que, rendidos de cansancio, habían caído dormidos, Cornelius y los que lo acompañaban estaban desperezándose.

También junto al borde de la gran depresión, aunque en el extremo diametralmente opuesto, otro equipo, formado asimismo por cinco personas, se incorporaba a la naciente jornada. Y, cuando los miembros de cada uno de los grupos se estaban preguntando con inquietud qué suerte habrían corrido los del otro, se divisaron mutuamente.

Al principio, no pudieron reconocerse con claridad, por la distancia que los separaba, aunque deseaban ansiosamente adivinar quiénes eran los que hacían señales desde la otra orilla.

En seguida fueron unos al encuentro de otros rodeando el cráter. Después de aproximarse un buen trecho, salieron de dudas.

—¡Sí, son ellos, son ellos! —dijo Nathaniel alegremente—. Pero Kazatzkian no viene...

—¡Mirad, están todos, hasta Cornelius! Pero ¿quién es el quinto? —dijo, desde el otro grupo, Marlene.

A los pocos minutos, los dos bandos amigos se encontraron, intercambiando entusiastas manifestaciones de alegría.

Colmada la emoción del reencuentro, Svanovskia fue presentado a los que aún no lo conocían. Depués, todos resumieron las noticias de sus respectivas aventuras, excepto Cornelius, que escuchaba con avidez, aunque guardando silencio.

La confirmación de la muerte de Anastase Kazatzkian, dada por Isidor, fue acogida con respetuosa emoción por parte de quienes aún ignoraban tan triste hecho.

—... el terremoto, como un ciego y descomunal sepulturero, se ocupó de enterrar su cuerpo sin vida bajo la gran avalancha de rocas —decía Malivert—. Y yo habría perecido también, sin duda alguna, de no haberse producido vuestra providencial llegada. —Abarcó en un ademán a Marlene, Valentina, Tachter y Manzoni, los náufragos del *Dedalus*—. Cuando estaba perdido, casi inconsciente, faltándome el aire y sin moral para seguir luchando, tuve la suerte de encontraros o, mejor dicho, de que vosotros me encontrarais. Me guiasteis hacia fuera, casi a rastras, en el último momento. Os debo la vida.

—¿Cómo te las apañaste para hacer huir a los

hombres de la Compañía? —inquirió Norbert Deep.

—Con un magnífico truco de ventriloquia que me permite combinar voces aparentemente lejanas con otras que suenan muy próximas. Aprovechando, además, la resonancia de las cuevas, el resultado fue para ellos bastante sobrecogedor, ¡ja, ja, ja! Pero lo mejor de todo fue que, gracias a eso, pude estar a solas con Kazatzkian, fingiendo ser Cornelius, y así pude salvar este documento que, de otro modo, se habría perdido para siempre.

Al decir esto, mostró la carpeta que había rescatado del cadáver del difunto presidente.

—Vamos a leerlo inmediatamente —dijo Manzoni.

—Tienes que hacerlo tú, Cornelius —precisó Isidor tendiéndole el cartapacio—. Sin duda es a ti a quien él deseaba confiarlo.

—¡Qué más da uno que otro! —repuso Berzhot con sincera humildad—. ¡Todos habéis jugado un papel decisivo! Yo mismo, por ejemplo, sin ayuda, no creo que hubiese podido alcanzar la superficie... Pero, bueno, si así lo deseáis, puedo leer el documento. Alguien tiene que hacerlo.

Todos asintieron en silencio. Cornelius tomó la carpeta y desató sus cintas. Sacó un pliego de papel escrito con letra menuda y precipitada. La expectación era máxima.

De pronto, procedente del norte, resonó en el aire el característico zumbido de un helicóptero. Los diez congregados miraron al unísono en aquella dirección. No se trataba de una ilusión acústica. La inconfundible silueta de un autogiro se perfilaba en el horizonte. Estaba acercándose a la isla a toda velocidad.

—¡Maldita sea! ¿Serán los secuaces de Bongkar? —exclamó Fulgencio Fábregas.

—Igual se imaginan que nos hemos apoderado del dichoso botín por el que tanto suspiran —aventuró Marlene temiéndose nuevas contrariedades.

—¡Sólo faltaría que ahora, en el último momento, esos indeseables nos atacaran! —exclamó Minos.

En esos momentos, ellos desconocían la suerte que habían corrido los hombres de la ex Compañía y el coronel traidor. Ni siquiera tenían la certeza de que estuviesen vivos.

—Busquemos un escondrijo antes de que nos descubran —sugirió de modo apremiante Valentina.

—Sí —repuso Maris—. ¡Que entre ellos se las compongan!

En aquella franja costera quedaban todavía en pie algunas cuevas superficiales. En una encontraron refugio los diez aliados. Por el momento, estaban a salvo.

Los tripulantes del helicóptero observaron con la natural sorpresa el apocalíptico aspecto que presentaba el islote. Sobrevolaron el gran cráter varias veces. Luego, se dirigieron con gran celeridad hacia la zona del embarcadero, que, por fortuna, estaba relativamente lejos del lugar en que nuestros amigos se encontraban. Al fin, llegado a su objetivo, el aparato tomó tierra, fuera ya del alcance visual de los escondidos aventureros.

—¿Habrán descubierto a los supervivientes de la Compañía? —preguntó Manzoni.

—Sí, es lo más probable. Deben de estar en el fondeadero, tratando de hacerse a la mar o reparando los desperfectos de la motonave, si no ha sido arrebatada por el temporal —vaticinó Svanovskia—. Esta gente sólo pensará ahora en escapar de Tökland cuanto antes. Es probable que tengan a Bongkar prisionero...

—Entonces ¡se va a armar la gorda con los del helicóptero! —Minos temía verse envuelto a última hora en una batalla campal.

—Sí, puede que haya un ajuste de cuentas entre rufianes; es muy propio de individuos de esa especie —diagnosticó Marlene sin darle mucha importancia.

—¡Olvidémonos de ellos! Disponemos de unos minutos de tregua —terció Nathaniel—. Conviene que todos sepamos lo que nos resta por saber. Luego, incluso en el peor de los casos, siempre quedará alguno de nosotros como depositario de la clave del enigma y así su conocimiento no se perderá.

Cornelius, de inmediato, dio comienzo a la lectura.

«Yo, Anastase Kazatzkian, en esta hora final, resignado a sucumbir ante la fatalidad que me acecha cuando todo parecía estar a punto de alcanzarse, pero animado por la remota esperanza de que mi mensaje póstumo llegue esta noche a manos de Cornelius Berzhot, emprendo su precipitada redacción antes de que los individuos que contraté, solivantados, acaben con el último momento de soledad de que dispongo.

»En cuanto concluya este definitivo comunicado, destruiré todos mis libros, papiros y documentos, para evitar que de ellos se deduzcan aberraciones que nada tendrían que ver con la fascinante aventura que emprendí.

»Deliberadamente, este texto será escueto y parcial. Su interpretación sólo podrá completarse en el caso de que, como yo tanto deseo, Cornelius Berzhot haya consumado en el corazón del laberinto lo previsto en la leyenda. Si, por desdicha, eso no ocurre, mejor será que mis palabras se pierdan para siempre. Tal vez todo mi intento no ha sido más que un gran error. Que la Historia, pues, siga su curso y me otorgue la gracia del olvido.

»LEYENDA-PROFECÍA DEL UNIVERSO SUR
»Texto establecido por A. G. Kazatzkian

»Sucederá en un planeta del sistema solar, llamado por sus habitantes LA TIERRA.

»Cuando llegue la época en que, en ese lugar al sur del universo, esté muriendo el viejo espíritu de la exploración y la aventura, cuando no queden ya tierras ni mares por descubrir, cuando el hombre crea conocer su planeta como quien contempla una bola de cristal posada en la palma de su mano, cuando haya adquirido poderes terroríficos que le permitan destruirla y destruirse, cuando la gran odisea del espacio exterior esté sólo comenzando... la *Tierra* y sus moradores estarán ante el peligro de desaparecer por completo a causa de una gran explosión que hará que el enigmático universo despierte de pronto de su sueño.

»Mas también podrá ocurrir en aquel tiempo que al fin los hombres y las mujeres se den cuenta de que pueden acceder, poco a poco, a insospechadas experiencias. Habrán dejado de ser un sueño del universo y empezarán a vivir el suyo propio.

»A una olvidada isla llegará, SIN SABER LO QUE LE ESPERA, EL VIAJERO, investido en alto grado del ansia de aventura. Pasará por muchas pruebas que avivarán su poder de IMAGINAR hasta un grado nunca visto y, al final, llegará a VER el universo que se esconde en cada hombre, viendo el suyo, como nunca nadie antes lo logró.

»Al despertar de ese viaje, en el que verá la vida humana del futuro, desprenderá tanta energía que una fuerza transversal recorrerá el planeta.

»Regresará EL VIAJERO y narrará lo que recuerde de su gesta. Después, LENTAMENTE, una nueva era comenzará.

»Así es como establecí, utilizando un lenguaje adecuado para su comprensión en nuestros días, una versión sintética de esa leyenda que, disfrazada bajo los más diversos simbolismos, está presente en todas las civilizaciones de la historia conocida.

»Tan pronto como tomé conciencia de su trascendental significado, me propuse apresurar el cumplimiento de la profecía, aunque con ello anticipara el curso de las cosas. Estaba en mi ánimo provocar el advenimiento de esa nueva era y disminuir, de paso, el peligro del anunciado apocalipsis. Y decidí hacerlo poniendo en escena la situación prevista en la leyenda.

»Con ello, además, realizaría el otro gran sueño de mi vida: la creación de un gran museo de enigmas dispuesto en forma de laberinto. Con este doble propósito recorrí el globo, hasta que hallé en la olvidada Tökland las condiciones necesarias para el cumplimiento de ambos fines. Llevé en secreto los preparativos y he ocultado hasta el último instante el gran motivo de mi convocatoria, porque ése es el espíritu de la leyenda: "llegará, SIN SABER LO QUE LE ESPERA, EL VIAJERO...". Tenía que mantener una absoluta reserva para no destruir la necesaria espontaneidad de la hazaña. Por otra parte, de haber revelado desde un principio el porqué de todo, muchas gentes me habrían convertido en el blanco de las más crueles burlas.

»Puede que incluso yo, en el fondo de mí mismo, dude de haber interpretado correctamente la leyenda. Puede también que, aun siendo mi traducción certera, el origen de la profecía se deba tan sólo a la febril imaginación de poetas que forjaron un invento que se fue perpetuando. Puede. Pero, en cualquier caso, creo firmemente que si se cumple el proceso allí anunciado, hechos notables llegarán a producirse. A veces la humanidad tiene que forjar grandes ficciones para anticipar descubrimientos que, de otro modo, se ha-

340

rían esperar por mucho tiempo. Éste ha sido el espíritu de mi empresa y en él he confiado ciegamente.

»Me he sentido como un dramaturgo de las sombras que brindaba a sus semejantes el escenario excepcional donde alguno de ellos llegaría a coronar la más preciosa de las obras. A ti, CORNELIUS BERZHOT, si lo has logrado, te corresponde anunciar su desenlace.

»Pero también sé que es muy posible que todo quede en NADA. La adversidad, en forma de terremoto y de rocas que se están desmoronando, no dejará, mucho me temo, que la epopeya se culmine. Por eso, mi deseo es que tu vida no se pierda, y a ello dedicaré mis últimos esfuerzos. Iré a buscarte al laberinto. ¡Ojalá pueda, antes de hundirme, mostrarte el camino de la huida!

ANASTASE GEORGE KAZATZKIAN

»P. S.—Nathaniel Maris, sin darse cuenta, ejecutó mis planes. Yo sabía que él encontraría a la persona adecuada para enfrentarse al laberinto. Por eso facilité su ingreso en el concurso. Sin su mediación, tal vez nunca te habría conocido. A él le debo que vinieras. Se lo agradezco mucho.

»En cuanto al yate que por aquí navegaba, llamado curiosamente *Dedalus*, sospecho que algo tiene que ver con todo esto. Al principio pensé en neutralizarlo: ¡tú tenías que vivir tu hazaña solo! Mas ahora ya qué importa. También llegaron tarde. Sólo espero que hayan podido escapar a tiempo del maremoto.

A. G. K.»

Acabada la lectura del documento, se quedaron en silencio. Después, las miradas se clavaron en Cornelius: de sus labios saldría el resto de la crónica. Todos estaban impacientes.

Minos Tachter rompió la solemnidad del momento. Algo, por encima de todo, lo tenía preocupado.

—Cornelius, ¿es posible que el transmisor dental fallara? ¡No puedo acabar de creerlo!

Esbozando una sonrisa, Berzhot inició su explicación final al grupo.

—No falló, Minos, no falló. La razón de mi silencio fue bastante más calamitosa: ¡me lo tragué sin darme cuenta! Ocurrió cuando llegué a la misteriosa ciudadela de maquetas sumergidas... ¿recordáis?

Todos asintieron: era lo último que habían sabido de su amigo a través del receptor.

—Para resolver el enigma tuve que zambullirme y tragué agua. El aparato fue arrastrado por el líquido hasta la garganta y me lo tragué. Después lo sentí vibrar en el estómago, pero los mensajes me resultaban incomprensibles y no podía hacer nada para responder. Hasta traté de vomitarlo pero no pude. Y, como comprenderéis, no iba a quedarme esperando a que saliera por abajo... quizá inservible.

La narración de la peripecia fue acogida con carcajadas. Cornelius también rió de buena gana.

Luego, ante la proximidad de las revelaciones finales, la atención se concentró de nuevo.

—De todo lo que sucedió después —prosiguió el Viajero de la leyenda—, no guardo un recuerdo muy preciso. Seguí recorriendo el laberinto, esclarecí hermosísimos enigmas, más complejos cada vez, cada vez más prodigiosos. No puedo decir ni siquiera cuántos fueron; más de treinta, es posible. Lo que sí ha quedado en mi memoria es la sensación de crecimiento, de ir más lejos cada vez, de llegar a más...

Aquí Cornelius se interrumpió como buscando palabras más precisas. Marlene salió en su ayuda.

—¿Quieres decir que te resultaba como un entrenamiento, que cada vez te era más fácil resolver lo más difícil?

—Algo así. Me ocurría lo que cuenta la leyenda. Hubo un momento en que llegué a pensar que la cabeza me estallaba. Pero, al contrario, cada vez pude ver, deducir, imaginar con más soltura, como nunca pensé que pudiese. Y, además, ¡disfrutaba tanto, compañeros! Deseaba que aquello no acabara.

—Y entonces ¿llegaste al corazón del laberinto? —preguntó Minos.

—Sí. Estaba ya tan preparado, tan a punto, que no me costó nada comprender el desafío. Desde aquella cueva esférica, ¿qué otro panorama podía contemplar sino el humano? Miré hacia mí mismo. Ahora no podría repetirlo, pero en la situación en que yo estaba después de atravesar el laberinto, lo fui viendo. Creedme, en nuestro interior existe un universo, tan vasto y tan extenso, que es casi comparable, a pequeña escala, con el que ocupan astros y planetas... Sé que viajé por él y sé también que, de todo cuanto vi, conocemos hasta ahora sólo una parte muy pequeña. Podemos intuirlo, pero nos resulta aún inconcebible. Pero está ahí, esperando a que sepamos despertarlo. Entonces, sólo entonces, lentamente, influirá en la vida de tal modo que se hará realidad lo que dice la leyenda. Los más sublimes sueños serán ciertos.

Sólo de nosotros depende su progresivo cumplimiento.

Cornelius enmudeció. Parecía haber concluido. Nathaniel llenó el silencio preguntando:

—¿No puedes darnos más detalles? ¿Qué más viste en tu viaje?

—Sé que vi muchas cosas, increíbles maravillas que los hombres y las mujeres protagonizarán en el futuro. Pero lo he olvidado todo. Además, puede que no convenga recordarlo. Todo llegará, si la explosión de que se habla en la leyenda no llega a producirse. Demos tiempo al tiempo, sin dormirnos. Tenemos que ser nosotros, nuestros hijos, los hijos de nuestros hijos y los que después vendrán, quienes forjemos esa gloria. Lo vi tan claro que, por inalcanzable que parezca, confío en ello plenamente. Aunque va a exigir grandes esfuerzos, llegará el día en que los hombres y las mujeres, siendo más que nunca singulares y distintos, se sentirán todos iguales. Hará falta abandonar los viejos hábitos mentales, desterrar la guerra, hacer de todo trabajo

creación. Porque el florecimiento de ese mundo interno que yo he visto está ahora en nuestras manos: nacerá de todos nosotros y elevará la vida humana hasta niveles que parecen de utopía. Pero todo quedará en quimera si esa facultad que tenemos en reserva no es sacada a flote día a día... Ya no sé qué más puedo añadir: el futuro tiene la respuesta. Que el gran descubrimiento de Anastase Kazatzkian y mi aventura queden como anuncio de la era futura.

Cuando Cornelius acabó la intervención, sus

camaradas quedaron un poco perplejos. Habían concebido la esperanza de escuchar algo más concreto y fulminante, algo de más inmediata trascendencia.

Pero, luego, poco a poco, lo expresado por su amigo fue calando en su conciencia. Todos, sin darse cuenta, sin moverse del lugar, imaginaron las mil formas en que todo lo anunciado podía COMENZAR A PRODUCIRSE. Lo que ellos, de algún modo, siempre habían presentido, acababa de ser dicho por Cornelius y empezaba a ser verdad...

La temida batalla campal entre bribones nunca llegó a producirse. El helicóptero que había llegado no pertenecía a los aliados de Bongkar, sino al ejército de Dondrapur. En la capital habían registrado horas antes un extraño movimiento sísmico cuyo epicentro estaba, precisamente, en Tökland. Además, la suspensión del concurso anunciada el día anterior por Kazatzkian había despertado no pocas sospechas. Trataron de comunicar con el puesto radiotelegráfico de Bongkar, pero éste, como sabemos, había estado ocupado en otras actividades. Todo ello decidió al gobierno a enviar un aparato de reconocimiento. Encontraron a los hombres de la Compañía. Estaban tratando de reparar la motonave. No ofrecieron resistencia. En cuanto al codicioso y malintencionado coronel, digamos tan sólo que, aunque muy maltrecho y golpeado, estaba vivo. Los otros no habían llegado a cometer el disparate de matarlo. Se contentaron con tenerlo de rehén, por si aparecían los cómplices que esperaba.

Dichos individuos jamás llegaron. Sin duda, los detuvo el maremoto y luego la amenaza que suponía el gobierno en estado de alerta.

Más tarde, mediada la mañana, otros tres helicópteros se posaron en Tökland. Bongkar y los hombres de la disuelta Compañía fueron conducidos a Dondrapur y, en vuelo aparte, también fueron rescatados Svanovskia, Cornelius, Maris y todos sus aliados.

Al anochecer, estaban ya en Europa. Aunque

sus respectivas ocupaciones los obligaron a separarse, prometieron que, cada cual desde su puesto, trabajarían intensamente para que el cumplimiento de la profecía continuara, tanto en ellos mismos como en todos los que estuvieran a su alrededor, hasta el fin de sus días.

La noticia de la catástrofe de Tökland dio la vuelta al mundo aquel mismo día. Y, poco después, en diversas ediciones especiales de la revista *Imagination*, Nathaniel Maris publicó la versión completa de la historia que en este volumen se ha sintetizado.

Las reacciones fueron muy variadas, burlonas e incrédulas algunas de ellas, hasta que se dio a conocer algo que disipó no pocas dudas y abrió un gran espacio a la esperanza.

Los principales centros sismográficos mundiales coincidieron en comunicar que, en la noche del desenlace de la epopeya de Tökland, precisamente a la hora en que Cornelius Berzhot había despertado de su viaje al universo interior del cerebro humano, se había producido una leve sacudida, casi imperceptible, pero captada a la vez en todo el planeta.

Obviamente, no podía haber sido ocasionada por el terremoto natural que devastó el islote, puesto que se trataba de un seísmo local sin repercusión a escala planetaria.

Luego, sin duda alguna, LA SACUDIDA DETECTADA ERA LA FUERZA TRANSVERSAL PREVISTA EN LA LEYENDA DEL UNIVERSO SUR...

ÍNDICE

PRIMERA PARTE

Un desafío que da la vuelta al mundo   7
Los extraños colonos de Tökland   10
Los primeros aventureros se enfrentan al
    enigma de Mr. Kazatzkian   20

SEGUNDA PARTE

Una tregua de veintidós días   103
Las tres pruebas de Dondrapur   109
La travesía de los conjurados   139

TERCERA PARTE

Cornelius Berzhot frente a Anastase
    Kazatzkian 155
Descenso hacia los enigmas del mundo
    subterráneo 170
Tensión en alta mar 204
Tökland, tierra de emboscadas 220
La inquietante decisión de Anastase
    Kazatzkian 233
Hacia la sima profunda 247
La voz que desata el misterio y el pánico . 282
La leyenda del universo sur 300
El futuro queda abierto: últimas
    revelaciones 329

Joan Manuel Gisbert es uno de los más destacados escritores de la actual narrativa fantástica,
de misterio y aventuras. Autor traducido a diez
lenguas extranjeras, ha sido galardonado con
importantes premios, como el de la C.C.E.I., el
Lazarillo, el de la Crítica, el Nacional de Literatura Infantil y Juvenil, el Sorcières (Francia), entre otros.

Otros títulos del autor son: *La mansión de los
abismos*, *El museo de los sueños*, *Leyendas del planeta Thámyris*, *La maldición del arquero*, *Los caminos
del miedo*, *La laguna luminosa* y *Misteriosos regalos
de la noche*.

cuatro**vientos**

A partir de 12 años
Títulos de la colección

El crimen de la Hipotenusa
Emili Teixidor

El silencio del asesino
Concha López Narváez

Intercambio con un inglés
Christine Nöstlinger

La mansión de las mil puertas
Jordi Sierra i Fabra

El misterio de la isla de Tökland
Joan Manuel Gisbert

Filo entra en acción
Christine Nöstlinger

La pesadilla de los monstruos
Carlos Puerto

Leyendas del planeta Thámyris
Joan Manuel Gisbert

El curso en que me enamoré de ti
Blanca Álvarez

El tapiz de Bayeux
Fernando Martínez Laínez

El diario secreto de Adrian Mole
Sue Townsend

Benny y Omar
Eoin Colfer

¿Quién cuenta las estrellas?
Lois Lowry

Endrina y el secreto del peregrino
Concha López Narváez

Los caminos del miedo
Joan Manuel Gisbert

La colina de Edeta
Concha López Narváez

El museo de los sueños
Joan Manuel Gisbert

Me gustan y asustan tus ojos de gata
José María Plaza

Ut y las estrellas
Pilar Molina Llorente